兰斯顿·休斯诗选

Harlem

Good morning, Daddy!

I was born here, he said,

and I've watched Harlem grow,

~~colored folks~~

until ~~we~~ spread

from river to river,

all across ~~the~~ *middle of the* island

I've ~~watched~~ us spread.

3 # ~~Pouring~~ out of Penn Station

~~came~~ a new nation,

~~dropping~~ out of planes from Porto Rico,

and ~~up from~~ the <u>holes</u> ~~of boats~~

of boats from Cuba, chico,

Jamaica, Haiti, Panama,

out of busses from Georgia,

Florida, Louisiana, *marked NEW YORK—*

to Harlem, Brooklyn, Bronx, San Juan Hill,
but most of all to Harlem:
~~Montage of a dream deferred.~~

~~Tomorrow, ain't you heard?~~

A dream defered:

 Does ~~it~~ dry up / like a raisin

 in the sun?

 Or fester like a sore,

and then run?

 Does it stink like rotten meat?

 Or crust, and sugar over —

 like a syrupy sweet?

 Or does it ~~even like~~ explode?

Maybe it just so
like a heavy lo

over Has anybody heard // what happened to a dream defered?

兰斯顿·休斯诗选

[美] 兰斯顿·休斯 著

邹仲之 译

SELECTED POEMS OF LANGSTON HUGHES

Langston Hughes

上海译文出版社

目 录

I

3

1941—1950

1951—1960

1961—1967

编者前言

    兰斯顿·休斯是哈莱姆复兴运动中最重要的诗人，也是迄今美国最著名的黑人诗人。 他的家族史本身就是美国种族史与黑奴血泪史的一个缩影。他的曾祖父与外曾祖父都是肯塔基州的白人奴隶主，而他的曾祖母与外曾祖母则是被主人"临幸"的黑人女奴。根据当时蓄奴州的法律规定，黑白混血儿的身份从母不从父，因此女奴的子女世代为奴，他们的生身父亲不是父亲，而是"主人"。这种灭绝人性的种族制度不知埋下了多少人间惨剧的种子，也不知催生了多少控诉奴隶制的文学作品，让人不禁想起威廉·福克纳笔下的那一曲曲南方悲歌：两种血脉交融在一起，孕育的不是种族融合，而是加倍的创伤与扭曲。同那个年代的大多数美国黑人一样，复杂的血统带给休斯的是同样复杂的种族情感，一种说不清道不明的爱恨交杂。这也是在他的诗作中反复出现的一个主题。它们有的直白：

> 我是你儿子，白人！
>
> 佐治亚的黄昏
> 松树林。
> 教堂的一根柱子倒了。
>
> 你是我儿子！
> 见鬼吧！
> （《混血儿》，1927）

有的哀伤：

> 美得像位妇人，
> 妖冶得像个黑眼睛妓女，
> 　热辣、残酷，
> 　长着甜嘴唇，生着花柳病——
> 　那就是南方。
> 我，是个黑人，想要爱她
> 可她把唾沫啐在我脸上。
> 我，是个黑人，
> 想给她许多稀罕的礼物
> 可她朝我转过脊梁。
> （《南方》，1922）

　　但休斯有的远不只是哀伤。他同样也是英雄之后。他的外祖母玛丽·帕特森的第一任丈夫于1859年参加了美国废奴史上那场赫赫有名的约翰·布朗起义，最终英勇战死。正是这场起义加速了南北战争的到来，促成了奴隶制与废奴者的最终对决，也成为了1863年《解放黑人奴隶宣言》的先声。约翰·布朗的名字也连同林肯作为黑人自由与解放的旗帜，贯穿于休斯的诗歌创作始终。

　　休斯的创作生涯始于1920年前后。当时，整个美国的黑人文化正在经历一场前所未有的文艺复兴——"哈莱姆复兴"。南北战争虽然以废奴主义的胜利而告终，但获得"自由"的黑人们却并没有获得平等与追求幸福的权利。种族隔离与经济压迫、三K党与私刑处决、制度化的歧视与迫害……南方重建时期恶劣的社会环境逼迫大量的黑人迁徙到了北方，史称"大迁徙"：

> 　所以现在我寻找北方——
> 　面孔冰冷的北方，

> 他们说，她
>   是位仁慈的夫人，
> 在她的宅子里我的孩子
> 会逃脱南方的诅咒。
> （《南方》，1922）

　　而对于包括休斯在内的许多人而言，这场迁徙的最终目的地就是位于纽约中心曼哈顿的黑人社区哈莱姆，而这场以它命名的文化运动最初也正是从这里萌发的。休斯和其他年轻的黑人文化人所寻求的声音既不同于老一代的灵歌，单纯从宗教中获得慰藉，也不同于那些竭力模仿白人的品味、以融入白人文化为荣的黑人中产阶级。他们寻求的是一种属于黑人自己的种族认同、历史认同与文化认同。既然黑奴的后代们永远都不会为他们的白人"兄弟"所接纳，那么，他们的黑皮肤不能再是耻辱的印记，而必须成为美丽与骄傲的象征：

> 夜是美丽的，
> 我的人民的脸是美丽的。
>
> 星星是美丽的，
> 我的人民的眼睛是美丽的。
> （《我的人民》，1923）

　　同时，休斯等人也开始将目光投向祖先曾经繁衍生息的那片遥远大陆，从那些悠久的历史与传说中，从示巴女王、古埃塞俄比亚、桑海帝国的荣光中寻找自己的非洲根：

> 游吟诗人或首长的口述文字，
> 擂打的鼓
> 载着瞬间的历史
> ……

岩石上的画，象形文字，
羊皮纸，带装饰的卷轴。
……
在所有这些卷宗上，
有我的手的影子，标记着人：
　　黑人。
（《我们时代的序曲》，1951）

但最为重要的是，休斯们必须在诗的艺术中找到一种黑人独有的、不同于白人文化的声音，而这个声音就蕴藏在爵士乐与蓝调的节拍之中。

于我而言，爵士就是美国黑人生活的内在表达；是黑人灵魂那永恒的手鼓乐——是手鼓在咚咚地反抗那叫人厌倦的白人世界，那个地铁的世界，那个只有工作、工作、工作的世界；是欢乐与大笑的手鼓，是含笑咽下的苦涩。

1926年，在他的名篇《黑人艺术家与种族大山》中，休斯如此写道。发源自世纪之交的美国黑人民间，演化自布鲁斯与雷格泰姆，爵士的的确确流淌着黑人的灵魂。而将爵士乐的节拍融入诗的韵律，将音符与音节转化成诗句与诗节，得到的就是“哈莱姆复兴”中划时代的产物——爵士诗：

昏昏沉沉吭吭切切的曲调，
摇前摆后轻哼老辣的歌谣，
　　我听见一个黑人弹唱。
那个夜晚在雷诺克斯街南，
陈年的煤气灯惨白昏暗。
　　他懒洋洋摇晃……
　　他懒洋洋摇晃……

弹着疲惫的布鲁斯曲调。
黑手按动象牙白琴键，
破旧钢琴一声声悲叹。

　　啊，布鲁斯！
（《疲惫的布鲁斯》，1925）

切分音的节奏、反复式的乐句、即兴演奏般的语感……这些诗句不像是用笔尖写出的，更像是用萨克斯管吹奏的。在语言与音乐的融合中，黑人诗人终于找到了自己的缪斯。

1921—1930

兰斯顿·休斯

Langston Hughes

1902. 2. 1——1967. 5. 22

黑人谈河

我懂那些河：
我懂那些河久远得像世界，比流在人血脉里的血还古老。

我的灵魂成长得像河一样深。

清早我沐浴在幼发拉底河。
我在刚果河边搭我的小屋，河水哄我睡觉。
我仰望尼罗河，在河上垒起金字塔。
亚伯·林肯南下新奥尔良时，我听见密西西比河歌唱，我①
看见它浑浊的胸膛在落日里变得金黄。

我懂那些河：
古老、黑黝黝的河。

我的灵魂成长得像河一样深。

（1921）

---

① 亚伯·林肯即亚伯拉罕·林肯总统。1831年，林肯当水运工时曾随船经密西西比河到达当时美国最大的黑奴买卖地新奥尔良。林肯在奴隶市场上看到奴隶主用皮鞭毒打黑奴、用烧红的铁条烙他们，林肯说："太可耻了，等有一天我有机会，一定要把这奴隶制度彻底打垮！"

苏姗姑妈的故事

苏姗姑妈有一脑瓜故事。
苏姗姑妈有满肚子故事。
夏天夜里在大门口
苏姗姑妈把黑脸孩子搂进怀里
给他讲故事。

黑奴
在毒日头里干活，
黑奴
在结露水的夜里赶路，
黑奴
在大河岸上唱伤心的歌，
那些歌轻柔地混在
老苏珊姑妈的声音里，
那些歌和苏珊姑妈的故事
轻柔地交织在一起。

黑脸孩子听着，
知道苏姗姑妈的故事是真的。
他知道苏姗姑妈的故事不是
从什么书里得到的，
它们真真地来自
她自己的生活。

黑脸孩子安安静静

在夏天夜里
听苏姗姑妈讲故事。

（1921）

四月的雨

让雨吻你。
让雨银色透明的水珠打在你头上。
让雨为你唱一支摇篮曲。

雨在人行道上汇成平静的水洼。
雨在贫民区里汇成流动的水塘。
雨在我们夜晚的屋顶弹起催眠曲——

我爱这雨。

（1921）

感 恩 节

当夜风呼啸穿过树林，噼啪吹落棕色的枯叶，
当秋天的月亮又大又圆又黄，
当严霜在大地闪闪发光，
　　感恩节就到了！

当橱柜的罐子装满百果酱，厨架上放满做蛋糕用的香料，
当屠夫送来一只火鸡又靓又肥适合烘烤，
当食品店摆满了手巧的厨师会做的每一样吃的，
　　感恩节就到了！

当初冬的狂风在你窗外咆哮，
当空气凛冽清爽驱散了你的烦恼，
当你的胃口馋着火鸡不肯要别的家禽，
　　感恩节就到了！

　　　　　　　　　　　　　　　　（1921）

6

黑　人

我是黑人：
　　黑得像夜的黑色，
　　黑得像我非洲的深处。

我当过奴隶：
　　恺撒叫我打扫他的大门，
　　我给华盛顿擦过靴子。

我当过劳工：
　　金字塔在我手下耸起。
　　我给伍尔沃斯大厦抹过灰泥。①

我当过歌手：
　　我带着忧伤的歌曲
　　从非洲一路唱到佐治亚。
　　我唱出了爵士。

我曾是受害者：
　　在刚果比利时人剁了我的手。
　　在密西西比他们还在给我动私刑。

我是黑人：

---

　　①　伍尔沃斯大厦(Woolworth Building)位于纽约市曼哈顿百老汇大街的南段，高 241 米，在 1913 年至 1930 年间为曼哈顿第一高楼。

黑得像夜的黑色，
黑得像我非洲的深处。

（1922）

怀　疑（1）

当死神那个老无赖
来收集我们的尸体
扔进遗忘的口袋，
我想知道他是否会发现
白种百万富翁的尸体
比一个摘棉花的
黑人的躯体
多值几个冥钱？

（1922）

南　方

懒惰、大笑的南方
它的唇上有血。
面孔阳光的南方，
　　　野兽一样的强壮，
　　　白痴一样的脑瓜。
头脑像孩子的南方
在熄火的灰烬里
刨找黑人的骨头。
　　　棉花和月亮，
　　　温暖、泥土、温暖，
　　　天空、星星、太阳，
　　　木兰花香的南方。
美得像位妇人，
妖冶得像个黑眼睛妓女，
　　　热辣、残酷，
　　　长着甜嘴唇，生着花柳病——
　　　那就是南方。
我，是个黑人，想要爱她
可她把唾沫啐在我脸上。
我，是个黑人，
想给她许多稀罕的礼物
可她朝我转过脊梁。
　　　所以现在我寻找北方——
　　　面孔冰冷的北方，
　　　他们说，她
　　　是位仁慈的夫人，

在她的宅子里我的孩子
会逃脱南方的诅咒。

（1922）

非洲舞蹈

低沉的鼓声嗵—嗵，
缓慢的鼓声嗵—嗵，
低沉……缓慢
缓慢……低沉——
沸腾你的血液。
跳吧！
一个夜色隐没的姑娘
轻轻旋转化为
一个光环。
旋转，轻轻……缓慢，
像一缕烟围绕火焰——
嗵—嗵的鼓点，
嗵—嗵的鼓点，
低沉的鼓声嗵—嗵
你的血液沸腾。

（1922）

母亲对儿子说

哎，儿子，我告诉你：
我这辈子没有水晶台阶。
它有的是钉子，
是刺，
是裂开的木板，
地上没铺地毯——
光秃秃。
可所有时候
我一直在爬，
爬上平台，
爬上拐角，
有时候周围黑咕隆咚
没有一丁点光亮。
所以，小子，你不要回头。
你不要在台阶上停留。
那样你会发现更加艰难。
现在你不要倒下——
因为我还在继续，宝贝儿，
我还在爬，
我这辈子没有水晶台阶。

（1922）

为 什 么

就因为我爱你——
这就是为什么
我的灵魂像蝴蝶的翅膀
充满五颜六色。

就因为我爱你——
这就是为什么
我的心像颤抖的白杨树叶
当你在我身旁走过。

（1922）

当苏姗穿上红衣裳

当苏姗穿上红衣裳
她的脸像片古老的贝壳
随年月变成棕色。

她和一队吹喇叭的来了，
　　　天呐！

当苏姗穿上红衣裳
一位女王从久远的埃及之夜
又一次走过来。

吹响喇叭，天呐！

穿红衣裳的苏姗多么漂亮，
我心里燃起的爱情之火燎得伤痛。

美妙的银喇叭，
　　　天呐！

（1923）

黑色的皮埃罗①

我是黑色的皮埃罗：
　　她不爱我，
　　于是我爬进夜晚
　　夜晚也一片漆黑。

我是黑色的皮埃罗：
　　她不爱我，
　　于是我哭到天亮
　　血滴到了东山上
　　我的心也在淌血。

我是黑色的皮埃罗：
　　她不爱我，
　　于是我快乐的灵魂
　　瘪得像泄气的气球，
　　早晨我出去
　　寻找别的棕皮肤姑娘。

（1923）

---

① 皮埃罗（Pierrot），即丑角。

正　义

正义是个盲目的女神
是件我们黑人都懂的玩意儿。
她的绷带遮盖了两个溃烂的疮
那也许曾是两只眼睛。

（1923）

梦　想

紧紧抓住梦想
如果梦想死亡
生命就像折断翅膀的鸟儿
不能飞翔。

紧紧抓住梦想
如果梦想消失
生活就像荒凉的原野
冰雪茫茫。

（1923）

诗 （1）

——为一幅仿高更风格的非洲男孩画像而作

丛林里嗵嗵的鼓点全在我血液中敲打，
丛林里狂野灼热的月亮都在我灵魂里闪耀。
我害怕这文明——

  这么严厉，

  这么强势，

    这么冷酷。

（1923）

我们的国土
——为一幅装饰画作的诗

我们该有一片阳光的国土，
美妙的阳光，
一片流水芬芳的国土，
那里的黎明
是一块班达纳花绸的手帕①
印着玫瑰和黄金，
可不是这片国土，生活冷酷。

我们该有一片树林的国土，
高大粗壮的树木
叽叽喳喳的鹦鹉
热闹得像过节，
可不是这片国土，鸟儿都阴沉。

啊，我们该有一片欢乐的国土，
有爱有喜有酒有歌，
可不是这片国土，高兴都是错。

哦，亲爱的，离开吧！
啊，我亲爱的人，离开吧！

（1923）

_____

① 班达纳花绸，产于印度。

爵士天堂

啊，银色的树！
啊，灵魂的闪亮的河！

在哈莱姆的一家夜总会①
六个伶俐的爵士乐手在弹奏。
一个跳舞的女郎眼神有点野
高高撩起金丝绸的裙子。

啊，歌唱的树！
啊，灵魂的闪亮的河！

那可是伊甸园里
夏娃的眼神
只是有点太野？
那可是漂亮的克里奥佩特拉②
穿着金色的裙子？

啊，闪亮的树！
啊，灵魂的银色的河！

---

① 哈莱姆 (Harlem) 位于纽约市曼哈顿上城（即北部），为非裔美国人聚居区。 兰斯顿·休斯自 1929 年至去世主要居住于此。
② 克里奥佩特拉(Cleopatra，公元前 69—前 30)，即"埃及艳后"，埃及托勒密王朝末代女王。

心神迷醉的夜总会
六个伶俐的爵士乐手在弹奏。

（1923）

我的人民

夜是美丽的，
我的人民的脸是美丽的。

星星是美丽的，
我的人民的眼睛是美丽的。

美丽也属于太阳。
美丽也属于我的人民的灵魂。

（1923）

搬　家

一个南方的小黑孩子
来上北方的学校
他害怕和白人孩子
一起玩儿。

起初他们对他很好，
可到了最后他们骂他
管他叫"黑鬼"。

过了一阵，
那些有色的孩子
也讨厌他。

他是个小黑孩子
长着黑黑的圆脸
白白的衣领绣着花。

关于这个
吓怕了的小孩
可以写一个故事
警示明天。

（1923）

白　人

我不恨你们，
你们的脸也很漂亮。
我不恨你们，
你们的脸也闪耀可爱迷人的光。
可是你们为什么折磨我，
哦，强壮的白人，
你们为什么折磨我？

（1924）

诸　神

象牙的神，
黑檀木的神，
钻石宝石的神，
安静地坐在庙台上
受人们
敬畏。
可是象牙的神，
黑檀木的神，
钻石宝石的神，
不过是些可笑的玩偶神
是人们自己
造出来的。

（1924）

冬夜的祈祷

啊，冬天和严寒的伟大上帝，
给大地裹了层冰冷的毯子
把穷人冻僵在他们的床上。
他们没有足够的被子
给身子保暖，
他们没有足够的吃的让身子强壮——
冻僵了，亲爱的上帝。
他们的胳膊腿僵硬了
心停止了跳动，
等到明天
他们会在某个无名的富裕王国里醒来
那里一无所有就是一切都有
一切都是零。

（1924）

深色人种的悲歌

有个时候我是个印第安人，
可是白人来了。
我也曾经是个黑人，
可是白人来了。

他们把我赶出树林。
他们把我带出丛林。
我失去了我的树。
我失去了我银色的月亮。

现在在这文明的马戏场
他们把我关进笼子里。
现在在这文明的马戏场
我和许多人被关在笼子里。

（1924）

青　春

我们有明天
它在我们面前光辉灿烂
像团火焰。

昨天
是个日落的名字，
随黑夜消失了。

今天的曙光
是宽广的拱门悬在我们走来的路上。

让我们冲！

（1924）

梦的变奏

在太阳地里
我大张开手臂，
我转圈跳舞
直到白天过去。
傍晚凉爽
我在高高的树下休息，
夜悄悄来了，
　　黑得像我——
那是我的梦！

脸朝太阳
我大张开手臂，
跳舞！转圈！转圈！
白天飞快过完。
傍晚天暗……
我在高高苗条的树下休息……
夜温柔地来了
　　黑得像我。

（1924）

害 怕

我们在摩天大楼丛中哭泣
像我们的祖先
在非洲的棕榈树丛中哭泣
因为在夜里,
我们孤单,
我们害怕。

(1924)

黑人洗衣妇之歌

啊，洗衣妇，
　　胳膊肘浸在白色的肥皂沫中，
　　灵魂洗干净了，
　　衣服洗干净了，——
　　我有许多歌要为你唱
　　但愿我能找到歌词。

在一个冬天下午是四点钟还是六点钟，
　　我看见你在白人太太的厨房里拧干
　　最后一件衬衫？那是四点钟还是六点钟？
　　我记不清楚。

但我知道，在一个春天早晨七点钟
　　你抱着一捆要洗的衣服走在
　　佛蒙特大街上。
我知道在纽约地铁车厢里我看见过你
　　那是傍晚了你洗完衣服回家。

是呀，我认识你，洗衣妇。
我知道你怎样送你的孩子们去上学，
　　上高中，甚至大学。
我知道当日子艰难时你怎样干活
　　帮助你的男人。
我知道你怎样从洗衣盆上盖起你的房子
　　管它叫家。
你怎样在白色洗衣沫上建起你的教堂

供奉神圣的上帝。

我还看见你唱歌，洗衣妇。在后院花园里的
　　苹果树下，一边唱歌一边把白衣裳
　　晾在阳光里的长绳子上。
我还在礼拜天早晨的教堂里看见你唱歌，
　　赞美你的耶稣，总有一天你会坐在
　　上帝之子的右手旁，忘记
　　你曾是一个洗衣妇。那时也会忘记
　　酸痛的背和成捆的衣服。
是呀，我看见过你唱歌。

为了你，
　　啊，唱着歌的洗衣妇，
　　为了你，唱着歌的小小的棕皮肤女人，
　　唱着歌的强壮的黑皮肤女人，
　　唱着歌的高大的黄皮肤女人，①
　　胳膊深深浸在白色肥皂沫里，
　　灵魂干净了，
　　衣服干净了，——
　　为了你们我有许多歌要写
　　但愿我能找到歌词。

（1925）

---

① 黄皮肤女人，指黑白混血后代中肤色偏黄的人。

忧愁的妇人

她站在
背静的阴暗里，
这个忧愁的妇人
被疲倦和痛苦
压弯了腰
像一朵
秋花
在冰冷的雨中，
像一朵
被风摧折的秋花
再也抬不起
头。

（1925）

轧 钢 厂

轧钢厂
碾呀压呀，
轧出了新的钢材
榨干了男人的
命，——
日落时
它的烟囱
是巨大黑色的剪影
衬着天空。
清早
烟囱喷出红色的火焰。
轧钢厂，——
轧出新的钢材，
老去的男人。

（1925）

黑人舞者

"我和我的宝贝儿
又得了两条生路，
多有两条生路活在查尔斯顿！
  哒，哒，
   哒，哒，哒！
多有两条生路活在查尔斯顿！"

台子上灯光柔和，
音乐快活，
棕皮肤的舞者
在夜总会跳着。

白人，大笑！
白人，请跳！

"我和我的宝贝儿
  又得了两条生路，
多有两条生路活在查尔斯顿！"

（1925）

36

曙光的同行者

我们是曙光和早晨的同行者，
是太阳和早晨的同行者，
我们不惧怕夜晚，
不惧怕阴沉的白天，
也不惧怕黑暗——
我们是太阳和早晨的同行者。

（1925）

我，也

我，也，歌唱美国。①

我是那黑得多的兄弟。
当客人来了
他们要我在厨房吃饭，
可我笑，
吃得饱，
长得壮。

明天，
当客人来了
我会坐在餐桌旁。
那时
没人敢
对我说：
"到厨房去吃。"

而且，
他们会看见我有多漂亮
他们会害臊——

我，也，是美国。

(1925)

---

① 美国诗人沃尔特·惠特曼(Walt Whitman, 1819—1892)曾写下名诗《我歌唱美国》。

38

冬夜的戏剧（第五大道）①

你不能睡在这里，
我的好人，
你不能睡在这里。
这里是上帝的居所。

门房打开教堂的门，他走出去。

你不能睡在这车里，老朋友，
不能在这里。
要是琼斯发现了你
他会把你交给警察。
现在就滚出去，
这儿不是住人的。
你别待在这里。

司机打开了车门，他走出去。

天呐！你不能让一个人
像这样躺在大街上。
快找个警官。
派辆救护车。
他可能病了
可他不能死在这个拐角，
别在这儿！

---

① 指纽约曼哈顿的第五大道。

他别死在这里。

死神打开了门。

哦，上帝，
让圣彼得把我带走。
让我坐在你的宝座的台阶上。
让我有个地方休息。
你说什么，上帝？
你说什么？
你不能睡在这里……
流浪汉不能待……

他说起胡话来。
快把他送去医院。
他招来了围观的人。
他不能死在这个拐角。
别，别，别在这里。

（1925）

上帝对饥饿的孩子说

饥饿的孩子，
我造这个世界不是为你。
你没有买我铁路的股份。
你没有投资我的公司。
你的标准石油的股票在哪里？
我造这个世界是为了富人
将要富的人
和已经富了的人。
不是为你，
饥饿的孩子。

（1925）

公园长椅

我曾坐在巴黎的公园长椅上
饿得慌。
我曾坐在纽约的公园长椅上
饿得慌。
我说：
我要份工作。
我要干活。
他们对我说：
没有工作。
没有活干。
于是我坐在了公园长椅上
饿得慌。
冬天，
饥饿的日子，
没有工作，
没有活干。

（1925）

疲惫的布鲁斯①

昏昏沉沉吭吭切切的曲调，
摇前摆后轻哼老辣的歌谣，
　　我听见一个黑人弹唱。
那个夜晚在雷诺克斯街南，②
陈年的煤气灯惨白昏暗。
　　　他懒洋洋摇晃……
　　　他懒洋洋摇晃……
弹着疲惫的布鲁斯曲调。
黑手按动象牙白琴键，
破旧钢琴一声声悲叹。
　　　啊，布鲁斯！
他坐在歪扭的凳子上前摆后摇，
痴迷地弹着伤感破碎的曲调。
　　　揪心的布鲁斯！
出自黑人的灵魂。
　　　啊，布鲁斯！
深沉的歌声，忧郁的曲调，
我听见黑人歌唱，钢琴哀嚎——
　　　"这世上我无亲无故，
　　　无亲无故，只有我自己。
　　　从今后我不要愁眉苦脸，
　　　把忧愁烦恼统统忘记。"

---

① 布鲁斯(blues)，又译为蓝调，起源于美国黑人的歌唱音乐，从 20 世纪初逐渐流行，主要表现悲伤忧愁的情绪，部分歌词反复演唱。
② 雷诺克斯街(Lenox Avenue)，现称 Malcolm X Boulevard，为哈莱姆地区的主要街道之一。

43

嘡，嘡，嘡，他的脚跺在地上，
弹了几个和音又接着歌唱——
　　"我唱疲惫的布鲁斯，
　　这不叫我称心如意。
　　我唱疲惫的布鲁斯，
　　这不叫我称心如意——
　　我再也不会快活，
　　我情愿一死了之。"
夜深了，他还哼着歌谣，
星星消失，月亮西沉。
唱歌的人停下，上床睡觉，
疲惫的布鲁斯还在他脑子里发出回音。
他睡得像块石头，睡得像个死人。

（1925）

44

求　婚

我会带给你珍贵的东西：
黎明的色彩，
美丽的玫瑰，
燃烧的爱情。

但是你说
那些算不上珍贵，
只有钱才重要。

好吧，
我会带给你钱。
可别跟我要
美丽的玫瑰，
黎明的色彩，
燃烧的爱情。

（1925）

自杀者留言

平静，
清凉的河面
向我索要一个吻。

（1925）

小 丑

我的一只手里
抓着悲剧
另一只手里
抓着喜剧，——
灵魂的面具。
跟我一起笑。
你们会笑开心!
跟我一起哭。
你们会哭伤心!
眼泪是我的笑。
笑是我的心痛。
假如你们愿意，
我就龇牙咧嘴地哭。
为我的伤心事儿笑。
我是个黑人小丑，
世界的哑巴丑角，
蠢人里面开心的、开心的傻瓜。
我曾经聪明过。
我还会再聪明吗?

（1925）

纠 结

我的老头是个白种老头，
我的老妈是黑人。
如果我诅咒过我的白种老头
现在我收回我的诅咒。

如果我诅咒过我的黑人老妈
要她下地狱，
现在我后悔那个毒咒，
但愿她走好。

我的老头死在漂亮大宅子里。
我的老妈死在小木屋里。
我不是白人也不是黑人，
我不知道我会死在哪里？

（1925）

歌 手

因为我的嘴巴
笑着张得老大，
因为我的喉咙
唱着低沉的歌，
你就想不到
我在忍受折磨，
我承受苦难
已经很久？

因为我的嘴巴
笑着张得老大，
你就听不见
我内心的哭泣？
因为我的脚
跳着快活的舞，
你就不知道
我在死去？

（1925）

年青水手

这位汪洋大海上的
水手年青强壮，
他带着
他浑身的力气
他满脸的笑，
他的今天
还有他的将来——

挣了钱干什么？
他说，花。
买酒？
搞醉。
找娘们儿？
搞爱。
今天呢？
图快活。
在绿色的大海上
拼力气，
在棕色的陆地上
笑开心。

没什么将来。

（1926）

搜星星的人

我一直在搜索
搜索一颗燃烧的星星，
星星白色的火焰
即使距离遥远
也灼伤了我的手。

走在这梦一样死寂的世界
被铁栅栏围住的世界，
我搜到一颗歌唱的星星
野性的美丽。
现在看看我遍体伤痕。

（1926）

露辛达情歌

爱情
是一粒熟透的梅子
长在深红的树上。
一旦尝了它
它魅惑的咒语
永远不会饶过你。

爱情
是一颗明亮的星星
在遥远南方的天空闪光。
看得入迷
它燃烧的火焰
会永远灼伤你的眼睛。

爱情
是一座荒凉的山
耸立在狂风呼啸的天空。
如果你不愿
永远喘不过气
就不要爬得太高。

（1926）

明妮唱她的布鲁斯

夜总会，夜总会！
那是我的男人和我去的地方。
夜总会，夜总会！
那是我们去的地方，——
把雪留在外边
把我们的烦恼留在门外。

爵士乐队，爵士乐队！
我的男人和我跳起舞来。
当我搂住了他
别的姑娘没机会。

宝贝儿，哦，宝贝儿，
我在深夜里疯疯癫癫。
如果我的老爹不爱我①
我会难过。
如果他不爱我
我会立马走开
当天就给自己刨个坟坑。

布鲁斯……布鲁斯！

---

① 老爹(daddy)，为年青女性对包养她们的中老年男人的称呼。Daddy 一词也可作为儿女对父亲的称呼，此时多译为"爹爹"。

53

布鲁，布鲁，布鲁斯!
我会唱响悲伤的布鲁斯。

（1926）

54

思乡布鲁斯

那空中的铁路桥
是一首悲伤的歌。
那空中的铁路桥
是一首悲伤的歌。
每当火车通过
我都想去什么地方。

我走到火车站。
我的心跳到嗓子眼。
我走到火车站。
心跳到了嗓子眼。
巴望有一辆车
轰隆轰隆带我到南方。

主啊，思乡布鲁斯，
思乡是件痛苦的事。
思乡布鲁斯，
思乡是件痛苦的事。
为了不哭出来
我张开嘴巴笑起来。

（1926）

鲁比·布朗

她年青漂亮
金黄的皮肤
像温暖她身体的阳光。
因为她的肤色
梅维尔镇没有位置提供给她，
那试图在她灵魂里燃烧的
纯净的欢乐火焰得不到燃料。

一天，
她坐在拉哈姆老太太家的后门廊
擦银器，
她问自己两个问题
大约就像这样：
一个有色姑娘做什么
才能从白人老太太的厨房里挣到钱？
在这个镇子里有没有欢乐？

现在那些沿河的街道
知道了更多关于漂亮鲁比的事情，
那些邪恶的被百叶窗遮掩的房屋
占有了一个黄皮肤姑娘
她在寻找她的问题的答案。
教堂里好心的人们
不再提起她的名字。

可是白人们，

那些百叶窗遮掩的房屋里的常客，
现在只要她在他们的厨房里工作，
他们就会付钱给她，
他们从来没付过这么多。

（1926）

新　年

岁月
如片片枯叶
从望不到顶的永恒之树
落下。
又一片叶子落了
有所谓吗?

（1926）

走向北方的布鲁斯

走上大路，主啊，
走上大路。
走上大路，主啊，
走呀，走上大路。
想找到一个伙计
帮我扛上这个包袱。

路在我面前，
我没事可做只有走路。
路在我面前，
走，走，走路。
我想遇见一个哥们
一起走路一起聊天。

我讨厌这么孤独，
主啊，我讨厌这么伤心。
我讨厌这么孤独，
讨厌孤独又伤心，
可是你以前交的朋友
个个想法子对你使坏。

路，路，路，哦!
路，路……路……路，路!
路，路，路，哦!
通向北方的路。

这些密西西比的镇子
不适合一个忙忙碌碌的小子。

（1926）

寂寞的地方

我要离开这镇子。
它是个寂寞的地方。
要离开这镇子
它是个寂寞的地方。
一个穷呀穷小子
找不到一张友善的脸。

走下那条河
它流得又深又慢。
走下那条河
又深又慢的河，——
那里没有烦恼
只有河水流淌。

我累了，累了，
我实在厌倦了。
累了，累了，
我实在厌倦了。
生活是这样叫人厌倦，
它会要了我的命。

（1926）

悲　伤

给我弹布鲁斯。
给我弹布鲁斯。
没有别的音乐
能解除我的悲伤。

唱一支宽心的歌。
说一些宽心的话，
我爱的男人
对我不怎么样。

你们不会懂，
哦，不会懂
为什么一个好女人
为个坏男人哭？

像我这样的黑姑娘，
像我这样的黑姑娘
得听首布鲁斯
消消她的悲伤。

（1926）

耶稣的脚

在耶稣脚下，
悲哀像一片海。
主啊，让你的仁慈
向我漂来。

在耶稣脚下，
我站在你的脚下。
哦，我亲爱的耶稣，
请伸出你的手来。

（1926）

陶斯的一间房屋①

雨

雨神的雷：
美，抽打
我们三人。

雨神的雷：
我们三人
厌倦了，厌倦了。

雨神的雷：
你，她，和我
无所等待。

你懂得在陶斯的
这间房屋
在雨神的雷鸣之下
它的寂静吗?

太阳
在陶斯的这间房屋近旁
应该有一座荒芜的花园
这并不奇怪，
不过在陶斯的这一间房屋里
应该有三颗荒芜的心——

① 陶斯(Taos)，位于新墨西哥州北部的一个镇。

64

谁携带丑陋的东西展露给太阳？

　　月亮
你要过月亮的铜钱吗？
我们用钱能买漂亮的东西，
你，她，和我，
你们还在探索，
好像你们能保存，
这无需购买的月亮的美。

　　风
抚摸我们的身体吧，风。
我们的身体是独立的、独特的东西。
抚摸我们的身体吧，风，
快快吹过
我们的身体
我们红、白、黄的皮肤
发出可怕的咆哮，
不是我的，
不是你的，
不是她的，
却是所有灵魂的同一个咆哮。
快快吹过，风，
趁我们还没跑回
无风之处——
我们的身体还没进入
我们在陶斯的房屋——
那里无风。

（1926）

65

穷小子的布鲁斯

那会儿我在老家
阳光跟金子一样。
那会儿我在老家
阳光跟金子一样。
自打我来到北方
该死的世界冷得慌。

我过去是个好小伙，
从来不犯错。
我过去是个好小伙，
从来不犯错。
可这世界太讨厌，
路又长又艰难。

我爱上了一个姑娘，
以为她很善良。
我爱上了一个姑娘，
以为她很善良。
她叫我花光了钱，
还差点丢掉了魂儿。

累了，累了，
大清早就累了。
累了，累了，
大清早就累了。

我真是太累了，
巴不得从没活过。

（1926）

电梯小子

我早就得到现在这份工作
在泽西的丹尼森酒店
开电梯。
工作不是不好。
只是钱太少。
　　工作和别的事儿一样
　　就是碰巧。
　　这会儿也许运气好点，
　　也许差点。
　　也许什么时候有份好工作：
　　那就离开这个铁桶，小子。
两套新衣服
和一个一块儿睡的女人。
　　也许很久没有好运气。
　　只有这电梯
　　开上开下，
　　上上下下，
　　要么是什么人
　　锃亮的皮鞋，
　　要么是肮脏厨房的油渍。
我开这部电梯
太久了。
我想现在该走人了。

（1926）

68

铜 痰 盂

刷痰盂，小子。
　　底特律，
　　芝加哥，
　　大西洋城，
　　棕榈滩。
刷痰盂。
酒店厨房的蒸汽，
酒店大堂的烟雾，
酒店痰盂的黏痰：
是我生活的一部分。
　　嘿，小子！
　　五分，
　　一毛，
　　一块钱，
一天挣两块。
　　嘿，小子！
　　五分，
　　一毛，
　　一块钱，
　　两块钱
给宝贝儿买鞋。
付房租。
礼拜六去喝酒，
礼拜天上教堂。
　　我的天呐！
孩子、酒、教堂

女人、礼拜天
和五分钱、一块钱
和刷痰盂和付房租
全都搅在一块儿。
　　嘿，小子！
一个明晃晃的漂亮铜碗是供奉主的。
擦亮的铜痰盂
像大卫王的舞者用的钹，
像所罗门王用的酒杯。
　　嘿，小子！
一个干净的痰盂放在主的祭坛上。
一个刷得干净全新擦亮的痰盂，——
至少我能干那个。
　　过来，小子！

（1926）

夜总会新来的女孩

那个黄皮肤的小女孩
长着蓝绿色眼睛：
她的老爹不是白人
那就奇了怪。

她不喝杜松子
不喜欢爆米花。
有一夜我问她
在哪儿出生。

她说，亲爱的，
我不知道
我从哪儿来
要到哪儿去。

那个靓呆了的黄皮肤女孩
长着蓝绿色眼睛：
她的老爹不是妖精
那就奇了怪。

她坐在那里哭
在那个夜总会
轮她表演了
她一脸凄惨。

我说，我的上帝，

你不能这样生活！
宝贝儿，你不能
这样活着！

（1926）

哈莱姆的夜总会

夜总会的黑小子们油光水亮。
爵士乐队，爵士乐队，——
快演，快演，快演！
明天……谁晓得？
今儿个要跳舞！

白人姑娘的眼神
召唤高兴的黑小子。
黑小子的嘴唇
咧出丛林的快活。

棕皮肤的姑娘
倒在金发男人的怀里。
爵士乐队，爵士乐队，——
唱唱迷人的夏娃！

白人，黑人，
关于明天
你们知道些啥
条条大路通向哪儿？

爵士小子，爵士小子，——
快演，快演，快演！

明天……黑咕隆咚。
今儿个要快活！

（1926）

夜半的舞者
——致小甘蓝夜总会的一位黑人舞者

爵士之夜里
红酒般的女郎，
唇
美得像深红的露珠，
胸
像夜夜美梦里的芳枕，
谁压碎了
欢乐的葡萄
把汁液滴在
你的身上？

（1926）

当我长大

那是很久以前。
我差点忘记了我的梦。
可就在那个时候，
在我面前，
我的梦——
明亮得像太阳。

后来一堵墙
在我和我的梦之间
升起，
慢慢升起。
慢慢，慢慢升起，
遮暗了，
隐藏了，
我梦里的光亮。
那墙升起——
达到了天空。

阴影。
我是黑人。

我躺在那阴影里。
我的眼前，
我的头上不再有梦的光亮。
只有那厚墙。
只有那阴影。

我的手！
我黑色的手！
现在要击穿那堵墙！
寻找我的梦！
帮我砸烂这黑暗，
瓦解这黑夜，
粉碎这阴影
进入太阳的万道光芒，
进入千万个辉煌灿烂的太阳的
梦！

（1926）

哈莱姆夜歌

来吧，
让我们一起夜里漫游
歌唱。

我爱你。

月亮
越过哈莱姆的屋顶
闪耀。
夜空蔚蓝。
星星是金色的露珠
点点滴滴。

沿着大街
一支乐队在吹奏。

我爱你。

来吧，
让我们一起夜里漫游
歌唱。

（1926）

阿 黛 拉

我也许会把你比作
没有星星的夜晚
如果它们不是为你的双眼而闪亮。
我也许会把你比作
没有梦的睡眠
如果不是因你的歌而入睡。

（1926）

漫长的旅行

海是波浪的荒野，
是水的荒漠。
我们沉下去潜下去，
我们浮起来滚起来，
在海里
隐藏，被隐藏。
　　白天，夜晚，
　　　夜晚，白天，
海是波浪的荒漠，
是水的荒野。

（1926）

老水手的死

我们把他埋在多风的高山上，
但是他的灵魂去了海洋。
我知道，当万籁俱寂，
我听见他的海洋灵魂对我讲：

不要把墓碑放在我头上，
我不在这里安置我的床。
不要把花撒在我的墓地，
我已返回了风和波浪。
不要，不要为我痛哭，
在海的怀里我很幸福。

（1926）

混 血 儿

        我是你儿子，白人！

佐治亚的黄昏
松树林。
教堂的一根柱子倒了。

        你是我儿子！
        见鬼吧！

月亮照在松树林。
南方的夜
密密麻麻的星星，
又大又黄的星星。
    多美的肉体只是个玩偶？
        乡村姑娘
        水灵灵的肉体
        深黑
        靠着黑篱笆。
        哦，你个小杂种，
        多美的肉体只是个玩偶？
松树林的芳香在温柔的夜风里撩人。
        你母亲的身体什么样？
银色的月光满天满地。
        你母亲的身体什么样？
刺鼻的松香飘在晚风里。
        黑人的夜，

黑人的喜，
一个黄色的
小杂种。

不，你不是我兄弟。
黑人不是我兄弟。
永远。
黑人不是我兄弟。

南方的夜星星密密麻麻，
星星又大又黄。
　　啊，黄昏的黑色的身体
　　如甜美的大地，
　　甜美地诞生
一个个黄色的小杂种。

　　在夜里回到那儿去吧，
　　你不是白人。
明亮的星星铺天盖地。
松树林的芳香飘在晚风里。
　　黑人的夜，
　　黑人的喜。

我是你儿子，白人！

　　一个黄色的
　　小杂种。

（1927）

林肯纪念堂： 华盛顿

我们去看老亚伯
他坐在大理石中、月光中，
孤独地坐在大理石中、月光中，
安静地坐一千个世纪，老亚伯。
安静地坐一百万、百万年。

安静——

然而有一个声音
永远对抗着
时间的
永恒的墙——
老亚伯。

(1927)

献给黑姑娘的歌

在南方向南的路上
　　（痛断了我的心肠）
他们把我爱的黑皮肤姑娘
　　　吊在十字路口的树上。

在南方向南的路上
　　（伤痕累累的尸体高挂在树上）
我问白人的主耶稣
　　　我们祈祷有什么用场。

在南方向南的路上
　　（痛断了我的心肠）
我爱的人像个赤裸的幽灵
　　　挂在粗糙赤裸的树上。

（1927）

女 孩

她在有罪的幸福里生活
她在痛苦中死去。
她在阳光里跳舞
她在雨水中欢笑。

在夏天的早晨她走了
那时鲜花开满平原，
可是她告诉每个人
她还会再回来。

人们做了一副棺材
把她深深藏在地下。
好像是她说过的：
我的尸体
会长出新的生命。

真的那里就长出了鲜花
和高大年青的树木
还有健壮的野草
在微风里摇摆。

真的她就活在了
这些生生不息的生命里
没有痛苦

在阳光里欢笑
在雨水里跳舞。

（1927）

成　功

我坐在这里肚子饱饱的
而他，也许曾是我的兄弟
饥饿地走在雨里。

我坐在这里肚子饱饱的
而她，也许我爱过
在阴影里物色什么人
可以向他卖身。

我坐在这里肚子饱饱的，
不再走在雨里，
不再在阴影里
寻找我喜欢的女人，
不再饿肚皮。

成功是一块大大的牛排
上面有洋葱，
由我吃。

（1927）

关门时间

吃惊的人!

　　在门口的灯光下
　　她的脸苍白。
　　她的嘴唇血红
　　她的皮肤发青。

出租车!

　　我累了。

河……很深……

　　哦,上帝,求求你!

河与月亮成为见证。

　　号在吹。
　　跳舞的人们在转圈。
　　死神,很仁慈。

小子,遮盖一个淹死的小女孩,

　　要花多少钱?

（1927）

年青姑娘的布鲁斯

我朝墓地走去
跟在我的朋友克拉·李小姐后面。
我朝墓地走去
跟在亲爱的克拉·李小姐后面。
等我死的那天
也得有人走在我后面。

我去贫民院
看我的老姑妈克鲁。
去贫民院
看我的老姑妈克鲁。
等我又老又丑
我也想看看有些人。

贫民院孤零零
墓地冷清清。
哦,贫民院孤零零,
墓地冷清清。
我宁愿死去
也不要变得又老又丑。

等爱情消失了
一个年青姑娘能干啥?
等爱情消失了,哦,
一个年青姑娘能干啥?

老爹，一直爱我吧，
我不想忧愁烦闷。

（1927）

情人回来

我旧时的老爹
昨晚回家来。
他的脸苍白
他的眼神不对劲。

他说："玛丽，
我回家到你身边——
孤单单的病得厉害
我不知道怎么办。"

　　哦，男人对待女人
　　就像一双鞋——
　　你把它们踢到一边
　　它们还喜欢你来穿。

我看着我的老爹——
主啊！我想哭。
他看上去真瘦——
主啊！我想哭。
可是魔鬼告诉我：
　　该死的情人
　　回家来等死！

（1928）

亚拉巴马土地

（在布克·华盛顿墓前）[1]

在亚拉巴马土地的深处
他被埋葬的遗体躺着——
却高过了吟唱的松林
高过了天空
一颗简单的心怀有的真理
一只强壮的手拥有的力量
从这亚拉巴马土地升腾
走向全世界，
而在亚拉巴马土地之上
这些话语在轻轻传诵：
奉献——仇恨将在出生前死去。
爱——锁链会被打碎。

（1928）

---

① 布克·华盛顿（Booker T. Washington，1856—1915），出身于奴隶家庭的非裔教育家、作家、演说家，自 1881 年起担任专收非裔学生的亚拉巴马州塔斯克基学院院长，直至去世。曾担任西奥多·罗斯福总统与威廉·塔夫脱总统的顾问。

梅吉在城市医院孤独死去[①]

我讨厌这样死去
一切都静悄悄像块裹尸布。
我宁愿在那里死去
有乐队演奏高声喧闹。

我宁愿像我活着那样死去，——
又醉又吵又快活！
上帝！你为什么诅咒我
让我这样死去？

(1928)

---

①　此诗又冠名为《夜总会女孩在福利岛死去》，出现于"1941—1950"分集。因此，梅吉为一名夜总会女孩。

衰老的青年

我听见一个孩子的声音，
有劲，利落，充满青春，
可当我注视他的脸
那张脸很老，——
不是随年龄而衰老，
而是老于城市的世故，
老于工作
还有工厂的
灰尘和污垢。
啊，小孩的声音，
啊，脸像没有花朵的春天！

（1928）

非裔美国人片段

这么久,
这么遥远
非洲。
甚至没有活着的记忆
去拯救那些史书里创建的东西,
去拯救那些歌
从血脉里搜回的东西——
用陌生的不是黑人的语言
用悲伤的词语唱出的东西——
这么久,
这么遥远
非洲。

被压抑的被岁月遗失的
是鼓——
透过种族的某种漫天迷雾
出现了这支歌
我不懂
这支返回祖先大陆的歌,
苦涩的怀旧的歌
无处安身——
这么久,
这么遥远
非洲的
黑色的脸。

(1930)

黑色的种子

世界广阔的黄昏
漂亮的黑色的脸
被异国的风驱赶
从遥远的地方
像种子一样播撒
在陌生贫瘠的
土壤里生长，
像别人园子里的
杂交植物
像在不属于你的
土地上的
花，
由白人园丁的
剪子割断——

告诉他们，别碰你！

（1930）

97

1931—1940

鼓

记住
死亡是鼓
永远在敲响
直到最后的虫豸到来
响应它的召唤,
直到最后的星星坠落,
直到最后的原子
全然不是原子,
直到时间遗失
空气消逝
空间不再
存在,
死亡是鼓,
一面信号鼓,
召唤生命
来吧!
来吧!
来吧!

(1931)

蛇

他溜动得这么快
退回草丛——
客气地给我让了路
我好走过，
我半羞愧地
寻找石头
想砸死他。

（1931）

上　帝

我是上帝——
没有一个朋友，
在我纯洁的世界里
孤孤单单没有尽头。

在我脚下年青的恋人
踩着芬芳的土地——
而我是上帝——
我不能下凡。

春天！
生命就是爱情！
只有爱情才是生活！
做人好过
做上帝——孤独的上帝。

（1931）

西尔维斯特临终的床

今儿早晨我醒来
大约三点半。
镇上所有的女人
围在我身边。

可爱的姑娘们在叹气，
"西尔维斯特快死了！"
上百个漂亮妈妈
低头流着泪。

过一会儿我醒来
大约四点半，
医生和殡仪馆的人
在为我忙活。

黑姑娘们在乞求，
"你不能离开我们！"
黑小子们哭泣，"爹爹！
亲爱的，别走！"

可我觉得我的时候到了，
我知道我马上要死了。
我看到了约旦河
浑浊地淌过——
可我还是好爸爸维斯特，
没错！直到生命最后！

于是我高喊："过来，宝贝儿，
快来亲亲爹爹！"
我伸手去搂抱他们——
这时主灭了光亮。

一切都是黑黢
宏大……巨大的……夜。

（1931）

10 月 16 日：袭击

也许
你会记得
约翰·布朗。①

约翰·布朗
带着他的枪，
带着二十一个伙伴
有白人有黑人，
用子弹打开你们通往自由的路
那里两河相遇
北边的
山丘
与南边的
山丘
彼此呆望——
他们为了你们
死去。

现在你们
已经自由了许多年，
内战的回声早已消逝，
布朗本人

---

① 约翰·布朗（John Brown，1800—1859），白人，著名的废奴主义者。1859 年 10 月 16 日，为了唤起南方各蓄奴州的黑奴起义，约翰·布朗率领由 21 名白人和黑人组成的队伍，在弗吉尼亚州的哈普斯渡口举行武装起义。起义虽然失败，但加速了废除奴隶制的步伐，以致两年后内战爆发。

早被法庭判处
绞刑，
埋在了地下——
今天哈普斯渡口
正在闹鬼，
不朽的袭击者
再次来到镇上——

也许
你会回忆
约翰·布朗。

（1931）

为华尔道夫酒店做的广告①

优雅的居处……法式菜单？？
请来华尔道夫酒店！

      听着，饥饿的人们！
瞧！《名利场》怎么介绍
    新开张的华尔道夫酒店：
        "一切私家的奢华……"
那么，这个冬天当最后一家廉价旅馆
    给你吃了闭门羹，那它不就很吸引人吗？
    况且：
"它比酒店领域迄今欲有的一切
    更胜一筹……"它的造价是两千八百万。
    著名的奥斯卡·柴尔基主理宴会。
    亚历山大·加斯图主厨。
    这将是社交界的胜地。
好呀，你们这些无家可归的饿汉，没地方可去时，
    就穿着你们的破衣烂衫去华尔道夫吧——
（你们还以为深夜后的地铁够好
    够棒吗？）

      房客
  你们这些穷困潦倒的人，在新开张的华尔道夫订个房

---

① 1931年10月1日，纽约的第二座华尔道夫酒店（建于公园大道）开业，它是当时世界上最大的酒店。此诗为诗人模仿《名利场》（*Vanity Fair*）杂志上的华尔道夫酒店开业广告而作。该酒店当时没有非裔雇员，也不接待非裔住客。

间吧——
　　　在赈济会的廉价旅馆里，上帝拉
　　　长了脸，你必须祈求才能得到一个床位。
　　在华尔道夫他们提供上流的食宿。看看菜单，你要点：

　　　　　克里奥秋葵浓汤
　　　　　小盒蟹肉
　　　　　炖牛胸肉
　　　　　奶油小洋葱
　　　　　芥菜沙拉
　　　　　梅尔巴桃子

　　今天去那里吃午餐，你们这些失业的人。
　　　　干吗不呢？
　　和那些男男女女一起吃，他们因为你们干活
　　　才致富，他们用白净的手指剪下赠券，
　　　因为你们的手挖过煤，钻过石头，缝过
　　　衣服，灌注过钢水，让别人提取红利，
　　　活得轻松。
　　（你们还没吃够赈济所的苦面包，
　　　排够领汤的队？）
　　今晚吃饭前走过孔雀酒廊，去取①
　　　暖。反正你们也没事可做。

被赶出的家庭
你们这些搬到了大街上的家庭：
　　　在塔楼的公寓年租仅一万块。
　　　　　（有三个房间，两个浴室。）搬进那里等到
　　　　　时来运转，你能做得更好。对你来说

----

① 　孔雀酒廊，华尔道夫酒店内的酒廊。

一万块和一块钱几乎相等，对吗？
当老婆孩子没房住，一个家里没人工作，
谁还在乎钱？一套高高在上的复式公寓
不是很气派？世界上最阔气的
城市景观就在你鼻尖底下。
"如果你喜好，就立个租约或者能随意终止的约定。"

黑人

主啊，我就是忘不了哈莱姆！
你们这些黑人，在第 135 街饿了很久——
　　他们在华尔道夫有第一流的音乐。那里也肯定
　　是个超棒的扭屁股的地方。晚餐后
　　在个暖和的房子里跳舞。在雷诺克斯
　　大街可冷得要死。你全天有的只是一杯
　　咖啡。你在当铺买的大衣披在你饥饿的身板儿
　　像面破旧的旗。你知道，闹市区的人们正为
　　保罗·罗伯逊疯狂！大概他们也会喜欢你们，①
　　哈莱姆的黑人平民。今天下午去华尔道夫
　　喝杯茶。等着吃晚餐。给公园大道
　　添些黑鬼的颜色——完全免费！叫女青年会的人
　　给你们唱支灵歌。她们对灵歌②
　　大概比你们还懂——她们从地下车道走出
　　密封的轿车，她们的嘴唇
　　不会冻得皲裂。
　　　　哈利路亚！地下车道！
　　　　我的灵魂为华尔道夫酒店作证！

---

① 保罗·罗伯逊（Paul Robeson，1898—1976），美国著名非裔男低音歌唱家、演员、社会活动家。1927 年，他在音乐剧《游览船》中演唱了《老人河》一曲，由此成名。
② 灵歌，美国民间的宗教礼拜歌曲，分为两种。一种为白人演唱的赞美诗；一种为黑人演唱的，内容多反映黑人的痛苦遭遇。

（一千个黑人护路工维护路基平坦，
　　　所以铁路投资回报女士们的是钻石
　　　项链，她们盯着塞尔特饰品。）
　　　　感谢全能的上帝！
（一百万黑人在橡胶园弯腰苦干，
　　　有钱人开着厚轮胎的车
　　　今晚去吉尔德剧院。）
　　　　我的灵魂作证！
（我们站在这里，在哈莱姆，在寒冷中哆嗦。）
　　　　荣耀属于上帝——
　　　　华尔道夫酒店开张了！

众人

大家看，新的华尔道夫酒店开张了！
　　　又摆一回傲气和稀奇。
（专用的辅路是为从火车站来的私家车。）
　　　还没有你的份儿吗？
（一千英里长的地毯，一百万个浴室。）
　　　怎么了？
你没看报纸上的广告？你没得到一张卡？
　　　你不知道他们专门提供美国大餐？
　　　往公园大道第49街走吧。今晚
　　　从盖着晚间《邮报》的地铁长椅上
　　　起来！快走出那家廉价旅馆！别整天
　　　在高架桥下的街角上把你的精神头儿哆嗦没了。
天呐，你还不累吗？

圣诞卡

万福马利亚，上帝的母亲！
　　　新的革命的圣子基督就要
　　　出生了。

（红色的宝贝儿，在平民痛苦的子宫里使劲踢。）
管事的，快在《名利场》登个广告!
为了基督——呼叫华尔道夫的奥斯卡!!
　　圣诞节就要到了，那个小姑娘——变成了妓女
　　因为她的肚子饿得实在撑不住了——
　　为了纯洁受胎她需要一张干净漂亮的床。
听着，马利亚，上帝的母亲，要用革命的红旗
　　包裹你新生的宝贝儿：华尔道夫酒店是
　　我们找到的最好的马槽。预订电话：EL.
　　5-3000。

（1931）

海伦·凯勒[1]

她，
在黑暗里，
找到的光明
比许多人看到的更加明亮。
她，
在内心里，
从灵魂的自我主宰中，
找到了魅力。
现在全世界
从她的天赋中接受：
内心的
强大力量的信息。

（1931）

---

① 海伦·凯勒(Helen Keller, 1880—1968)，国际知名的美国教育家和作家，她一岁半时因病丧失了视力和听力。此诗为休斯于1931年应邀为《双生花：海伦·凯勒选集》而作，并被收入该书。

穷 光 蛋

（这是一份控诉，表演者神情沮丧，笨拙地穿一套旧衣
服，戴一顶旧帽子，以拖慢的、节拍强烈的爵士乐曲调，或疲
惫的布鲁斯曲调演唱。）

嗯！我累得要死。
今儿早晨从五点就一直在走。
从南到北，在这个活人的城市他们就是没活给你干。
相信那些征聘广告没有半点儿意思，
等你到了那儿，一千零一个人
比你还早就到了，站在大门外
扯什么："假如我们不能要得更多，那就五毛钱干一天。"
还有个滑稽的老光棍说："给多少咱都干
只要那老板人不赖！"
你们全在那儿大笑，可那真不是个笑话——
当你是个穷光蛋。

我的上份工作，是早晨五点或更早点儿去干活
管事的人来告诉我，最好四点到那儿。
我是说四点——想想吧，天还没亮，你就挥开了扫帚——
就因为你是穷光蛋——别人肯定待你特狠。
于是我说："先生，我可不是清扫机。"
于是那人说："那我会找别人去打扫，"——
于是我就在这里，穷光蛋。

上礼拜女房东跟我说："萨姆，你还没挣到钱吗？"
我说："这会儿，宝贝儿，你知道我没钱，亲爱的。"
你不知道那个老娘们发起火来像只癞蛤蟆，

她告诉我最好付给她房租和伙食费！
这两年我给了她我所有的钱，
她把钱抠得太紧，老鹰也会流眼泪——
现在我穷死了我不会付她一分钱——
来冲我大喊大叫吧，就因为我是个穷光蛋。
（我一点都不在乎她！）

嗨！他们说在这里签字吧，他们要人铲煤。
我从没干过那个，可为了保住肉体和灵魂
在一起，我想试试……当然了我要这个活儿！是，先生！
我以前干过？当然了！
铲煤我有什么不知道的，没有什么还要知道的了！
愿意干？嗯！是的！你说什么？
一天干十四个钟头？
那么……你们付多少钱？
一礼拜六块？嘻——嗬！你们付得够多的！
你可以接受这份工作，去——我愿你咽气儿，
即使我是个穷光蛋。

可我肯定后来仔细打量了四周，想找法子
搞件新的冬大衣，要不就把旧的洗净。
我试过去找个开电梯和配电的小活儿，他们以前常有的，
可现在他们把工作给了在校的男生，只付一半的钱。
于是我到闹市区一家我常干夜活儿的酒店，
那儿的人过来告诉我，他们现在不再雇黑人了——只雇
白人。
我连给自己买根烟抽的钱都挣不到了，
我告诉你，当你是个穷光蛋，真惨。

我当然也有过一个漂亮妞，在那边糖山上。①

---

① 糖山（Sugar Hill），曾是哈莱姆最繁华的地段。

114

上礼拜她买了顶新帽子，过来给我账单。
我说："宝贝儿，你知道我爱你，真喜欢它，
可这一阵儿，我给你买不起帽子。"
当我准备要走，我说："过一阵儿我会来看你，玛丽。"
她过来告诉我，她再也不免费过夜！
我想爱情是个梦，我当然清醒了——
因为我是个穷光蛋。

当然了，你听见了好多关于这里失业救济的事——
可你没有看见没有总统死于不幸——
这些谈话不过是摆摆样子，听上去响亮，其实啥都没有：
主啊，人们啊，这日子会拖多久？
这真要叫我发疯，感觉好像我一直在喝可乐，
其实我连份报纸也买不起——我就是这么个穷光蛋。

哦！那儿来了个女人，我在南边时认识她。
（有六年没见她了！以前也老跟她一起走！）
假如她没有罗圈腿，没有斜眼，
嘴巴没有这么大，她会挺不错。
你好吗，姑娘！卡利朵尼亚，过得好吗？
是呀，当然啦，我也好想你呀！
这些年你一直在这里干活？
你找到份好工作？是呀！我看见你特高兴，亲爱的！
我结婚了吗？没有，北边这儿的女孩个个太轻飘。
我想吗？不好说，可我能怎样——
像你这么漂亮的姑娘愿意的话，我会上钩的。
你还烘饼干？每天夜里炸鸡？真的吗？
当然啦，我总是为你发疯！
我们现在就结婚吧！你说呢？
（宝贝儿，你在看我吗，还是别的？）
我就是盼着结婚盼得要死呢。

嗨，你真太好了！你能付结婚登记费吗，亲爱的？
因为我是个穷光蛋。

（1931）

黑人母亲

孩子们，今天我回来了
给你们讲讲那又长又黑暗的路
我过去不得不爬，不得不懂的路
好让我们的种族能够活下去、壮大。
看看我的脸——和夜一样黑——
可是像太阳一样闪耀爱的真正的光芒。
我是那个跨过红海的黑人姑娘
我的身体里埋着自由的种子。
我是那个在地里干活的女人
种出棉花和玉米。
我是一个做苦工的奴隶，
我干了活可还挨打受虐待——
我的孩子们被卖走了，丈夫也被卖了。
我得不到该有的安全、尊敬和爱。
三百年被困在南方：
可上帝在我嘴里放进了歌和祈祷。
上帝在我灵魂里放进了梦像钢一样。
现在，通过我的孩子们，我正在达到目标。
现在，通过我年轻自由的孩子们，
我实现了我的祈祷。
那时我不会读，不会写。
夜里我回到那里，我一无所有，
有时，山谷浸满泪水，
可我一直在孤单年月里吃力地走。
有时，路上太阳晒得火热，
可我不得不挺住干完我的活：

我不得不挺住！不能为自己停下——
我是未来的自由的种子。
我滋养的梦，任什么都不能把它掐死
它深埋在我心里——黑人母亲。
那时我只有希望，而现在通过你们，
今天的黑人们，我的梦一定要实现：
所有你们这些世上的黑孩子们，
记住我的汗，我的苦，我的绝望。
记住我的年月，沉重的悲伤——
把那些年月当作照亮明天的火把。
把我的过去当成通往光明的路
走出黑暗，无知，黑夜。
从尘土里高举起我的旗帜。
像自由的人民一样站立，支撑起我的信仰。
相信正义，任什么不能把你们推回去。
记住奴隶贩子的行径和鞭子。
记住斗争有多么艰苦，
冲突仍然在阻挡你的路，否定你的生活——
但是你们要冲破障碍，永远向前进。
永远仰望太阳，仰望星星。
哦，我的黑孩子们，愿我的梦和我的祈祷
把你们永远推上伟大的台阶——
我将和你们在一起直到没有白人兄弟
胆敢压迫黑人母亲的孩子们。

（1931）

美国黑人少年

（由一个黑人男孩朗诵，他面容阳光，穿着干净整洁，带着书上学校。）

我坚定站立，手握书籍——
今天的黑孩子，明天的男子汉：
　　我的人民希望
　　在美国神奇的国土
打造出一片天地。

我是美国人，谁也不能否认：
压迫我的人，我蔑视他！
　　我是黑人少年
　　在我们广阔的天空下
寻找自由生活的真理。

很久以来我们是美国核心的部分——
很久以前在国家创始的时候
　　阿塔克斯献出了生命①
　　为了正义可以永存
力量给予了我们的国土。

刻苦学习，力争聪慧强壮，
寻求知识，辨明是非——
　　这是我的使命。

---

① 阿塔克斯（Attucks，1723—1770），美洲殖民地反英斗争的烈士，黑人或黑人—印第安人的混血儿，1770 年 3 月 5 日被英军杀害。

让我的人民上升到应有的位置
让每一张黑色的脸洋溢美和自豪
　　　这是我的雄心。

我向明天攀登，脱离过去的苦难，
　　　和白人和黑人一起
踏上现代的道路，什么都不能阻拦——
　　　今天的美国少年。

（1931）

佛罗里达的筑路工

嘿，巴迪!
看看我!

我在修路
好让车在上面飞过，
修条路
通过灌木丛
好让光明和文明
传得更远。

我在修路
好让有钱人
飙他们的大车
留下我站在这里。

当然，
路有益每个人。
有钱人坐车——
我去看他们坐车。
我以前从没见过谁
坐这么漂亮的车。

嘿，巴迪，看!
我在修路!

（1932）

宾夕法尼亚火车站

纽约的宾夕法尼亚火车站
像座巨大的老王宫
塔楼耸立在黑暗的恐怖之上
像堡垒护卫灵魂。
现在只有匆匆忙忙的人群
有些人大批的从老远来了
穿过钢铁岩石的中央大厅
上了车厢，或者出了车厢进入一天的繁忙。
就像在过去的大王宫
人们搜寻的曾经是上帝的梦，
在这里每一个灵魂依然在搜寻
有的种族寻找在尘世的土壤扎根，
有的种族寻找一棵圣树上的嫩芽
给大地——给你——给我，增添荣耀。

（1932）

博士学位

他从来不是个愚蠢的小男孩
不会在课堂上说话，扔纸团，
不会揪那些蠢女孩的头发，
不会什么纪律都不遵守，
正是纪律让学校秩序井然
可以好好读书，验算数学，
地理挂图上有陆地和海洋
把真实的广阔世界给你展示。
他总是眼睛盯着书本：
现在他已长大成人
他看到的一切让他吃惊
生活滚滚如潮他不能明白，
人类世界巨大而又陌生——
远超他博士学位的小领域。

(1932)

新　歌

我以百万黑人的名义说话
他们正觉醒投入行动。
叫所有人安静一会儿吧。
我有这话要说，
有这事要讲，
有这歌要唱。

苦难属于过去
那时在奴隶主的鞭子下
我弯着我的腰。

那个时代过去了。

苦难属于过去
那时我看着我的孩子上不了学，
我的年轻人在世界没有发言权，
我的女人被一群盗贼
当作肉体的玩偶。

那个时代过去了。

苦难属于过去，
那时私刑者的绞索
吊住我的脖子，
火焰烧焦了我的脚，
压迫者没有半点怜悯，

只有在悲伤的歌里
才能找到安慰。

那个时代过去了。

现在我彻底明白
只有我自己的手，
黑如泥土的手，
才能让我黑如泥土的身体得到解放。
啊，盗贼，剥削者，杀人犯，
你们再也不能
用傲慢的眼神轻蔑的口气说：
"黑人，
你们是我的仆人——
我，是自由人！"

那个时代过去了——

现在，
百万张嘴——
黑人的嘴，红色的舌头燃烧
白色的牙齿闪光——
新的语言诞生了，
苦难
和过去在一起
而美好
和梦想在一起。
拉紧了，
不屈服，
坚强，自信，
他们席卷了大地——

起来！反抗！

　　黑人的世界
　　和白人的世界
　　将是同一个世界！
　　劳动者的世界！

过去结束了！

　　新的梦想的烈火
　　迎着太阳
　　燃烧！

（1933）

罗斯福小调①

锅里光光的，
橱柜空空的。
我说，爸爸，
这是咋回事？
儿子，我在等罗斯福，
罗斯福，罗斯福，
儿子，我在等罗斯福。

房租到期了
电灯断电了。
我说，告诉我，妈妈，
这是咋回事？
儿子，我们在等罗斯福，
罗斯福，罗斯福，
就等着罗斯福。

姐姐生病了
医生不会来
我们付不起
他的出诊费——
等着罗斯福，
罗斯福，罗斯福，
等着罗斯福。

---

① 罗斯福，指当时在任的富兰克林·罗斯福总统（Franklin D. Roosevelt，1882—1945）。

后来有一天
他们把我们赶出了门。
妈妈和爸爸
老实得像老鼠
还在等罗斯福，
罗斯福，罗斯福。

可当他们感觉
那风刮得冷
我们没有
可去的地方
爸爸说，我累了
我等累了罗斯福，
罗斯福，罗斯福。
等得累得要死，罗斯福。

我找不到工作
我找不到饭吃，
脊梁紧紧
贴着肚皮——
等着罗斯福，
罗斯福，罗斯福。

大批人们
又冷又饿
他们不再相信
罗斯福
讲给他们的话，
罗斯福，罗斯福——

因为锅里还是光光的，

橱柜还是空空的，
你不能把房子
盖在天上——
听着，罗斯福先生！
这是怎么回事？

（1934）

埃塞俄比亚的呼唤[①]

埃塞俄比亚
扬起你夜黑的脸，
　　　阿比西尼亚人
　　　示巴民族的子孙！[②]
　　　你的棕榈树高昂
　　　你的山岳高耸
　　　庇护着你的人民
　　　他们为了自由
　　　英勇赴死——
　　　整个非洲站起来
　　　在你的牺牲中觉醒
　　　以闪亮的眼，夜黑的脸
　　　回答示巴民族的呼唤：

　　　埃塞俄比亚是自由的！
　　　就像我，
　　　整个非洲，
　　　要起来，要自由！
　　　你们所有的黑人，
　　　要自由！要自由！

（1935）

---

① 1935 年，意大利政府酝酿入侵埃塞俄比亚，将它作为殖民地。（次年，这一企图化为了行动。）在当时的非洲，只有埃塞俄比亚和利比亚是没有被殖民化的独立国家。

② 埃塞俄比亚在历史上曾一度为阿比西尼亚帝国，故该国人民也称为阿比西尼亚人。示巴，即示巴女王，是《圣经·旧约》中的人物，传说她是一位阿拉伯半岛或古埃塞俄比亚的女王。

分成制佃户①

一群黑人
被驱赶到地里，
耕，种，锄草，
种出了棉花。

棉花采摘后
活儿就干完了
老板拿走钱
我们一无所获。

留给我们饥饿和贫穷
我们和从前一个样。
一年一年过去
我们不过是

一群黑人
被驱赶到地里——
耕走了生命
种出了棉花。

（1935）

---

① 1865年，美国内战结束后，奴隶制被废除，黑人获得政治上的权利。1877年，在南方各州开始施行分成制佃户耕种制，即白人土地主将大农场划分成小地块，连同种子、工具和农用设备一起租给黑人耕种，作为交换，农场主可以获得土地租用人的一大部分收成。这种制度持续了近百年。佃户耕种制让黑人第一次为他们自己的生活而耕种土地，但这也使他们很难提高生活水平，结果，绝大多数南方黑人仍然非常贫穷。

让美国再次成为美国

让美国再次成为美国。
让它成为它曾经有过的梦。
让它成为平原上的拓荒者，
自由自在寻找家园。

（对于我美国从来不是美国。）

让美国成为梦想家梦想的梦——
让它成为爱的伟大坚固的国土，
这里没有暴君们密谋、帝王们纵容犯罪，
没有一个人会被高位者压垮粉碎。

（对于我它从来不是美国。）

啊，让我国土上的自由女神
头戴的不是假惺惺爱国的花环，
机会是真实的，生活是自由的，
平等存在于我们呼吸的空气里。

（对于我，从来没有平等，
在这个"自由的祖国"也没有自由。）

说吧，你是谁在暗地里咕哝？
你是谁，对你的命运视而不见？

我是贫穷的白人，受愚弄被抛弃，

我是身带奴隶伤疤的黑人。
我是被驱赶出家园的印第安人，
我是死抱希望而来的移民——
可我找到的只有同样的愚蠢、陈旧，
只见狗咬狗，强者压榨弱者。

我是青年，充满了力量和希望，
却在古老无穷的束缚里挣扎，
利润，权势，赚钱，霸占土地！
抢夺黄金！抢夺别人的生存之路！
抢夺男人的工作！夺走薪水！
为了一己的贪婪而占有一切！

我是农夫，土地的奴隶。
我是工人，卖给了机器。
我是黑人，你们所有人的仆人。
我是人民，谦卑，饥饿，低贱——
尽管有梦可今天还在忍饥挨饿。
今天还是筋疲力尽——啊，拓荒者！
我是那个从无出头之日的人，
是最贫穷的工人世世代代被人出卖。

可我就是那个人，还在旧大陆时
还是帝王的奴隶时就做了我们最初的梦，
那个梦是如此强悍，如此勇敢，如此真实，
它的雄浑伟力从每一块砖石，
从每一条翻起的犁沟大胆唱出，
就是它造就了今天的美国大陆。
啊，我就是那个人，为了寻找
我想要的家园，最早驶过了大海——
我就是那个人，离开了黑暗的爱尔兰海岸，

133

离开了波兰的平原，英格兰的草原，
我从黑非洲的海滩来，受尽折磨，
我来了，要建设一个"自由的祖国"。

自由？

谁说的自由？不是我吗？
肯定不是我吗？是今天数百万靠救济为生的人吗？
是我们罢工时数百万被击倒的人吗？
是数百万付出了却一无所得的人吗？
为了我们梦想过的梦，
为了我们高唱过的歌，
为了我们拥有过的希望，
为了我们高举过的旗帜，
那数百万付出了却一无所得的人——
今天我们有的只是那奄奄一息的梦。

啊，让美国再次成为美国——
这国土还从来不是——
但它必须成为人人自由的国土。
这 国 土 是 我 的——是 穷 人 的，印 第 安 人 的，黑 人
的，**我**——
创造了美国，
我的血和汗，我的信仰和苦难，
我的手在铸造厂，我的犁在风雨中，
我必须再次回顾我们伟大的梦想。

随便，就用你们挑的丑陋的名字叫我吧——
自由的钢铁不会生锈。
从那些像蚂蟥一样寄生在人民身上的人那里，
我们一定要再次夺回我们的国土，

美国！

啊，是的，
我坦白说，
对于我美国从来不是美国，
可我还要立下这个誓言——
美国将来会是美国！

抛弃那些强盗死亡留下的废墟，
抛弃掠夺和腐朽，偷窃和谎言，
我们，人民，必须收回
土地、矿山、工厂、河流。
让群山峻岭和无边的平原——
让所有这些绵延万里生机勃勃的伟大各州——
再次成为美国！

（1936）

年老的领导人

年老，谨慎，过分聪明——
智慧降格为个人的平衡：
生活是个一半真理加一半谎言的系统，
机会主义的便利的遁词。
　　年迈，
　　名望，
　　高薪，
　　他们主子的
　　鹅下的蛋
　　他们孵：
　　＄ ＄ ＄ ＄ ＄
　　＄ ＄ ＄ ＄
　　＄ ＄ ＄
　　＄ ＄
　　＄
　　　·

（1936）

西班牙之歌^①

来吧，你们所有的歌手，
为我唱西班牙之歌。
要唱得简单，我可以听懂。

   什么是西班牙之歌?

弗拉明戈是西班牙之歌：^②
吉卜赛人，吉他，舞蹈
死亡，爱情，痛断肝肠
鞋跟钉着铁片，手指在
三根弦上飞舞。
弗拉明戈是西班牙之歌。

   我不懂。

斗牛是西班牙之歌：
咆哮的公牛，红色的披肩，
刺杀的剑，牛角尖，
缎子和黄金的斗牛服被撕裂，
血流在沙子上，
这是西班牙之歌。

---

① 1937 年，兰斯顿·休斯作为美国记者前往西班牙，报道西班牙内战。
② 弗拉明戈，最著名的西班牙舞蹈，是吉卜赛文化和西班牙的安达卢西亚民间文化的结合。通常由舞者在歌唱与吉他伴奏下进行即兴表演。

我不懂。

艺术是西班牙之歌：
戈雅，委拉斯凯兹，牟利罗，①
在帆布上泼洒色彩，
长着天使脸蛋的妓女。
裸体的玛哈
是西班牙之歌。

那是什么？

堂吉诃德！西班牙！②
在拉曼恰的一个小村庄
村庄的名字我不想记住……
那是西班牙之歌。
你不会跟我开玩笑吧？
轰炸机是
西班牙之歌。
枪林弹雨是
西班牙之歌。
毒气是西班牙。
背上的刺刀
和它的恐怖、痛苦是西班牙。

斗牛、弗拉明戈、绘画、文学——
　　不是西班牙。

---

① 戈雅（Francisco José de Goya，1746—1828）、委拉斯凯兹（Diego Rodriguez de Silva Velasquez，1559—1660）、牟利罗（Bartolome Esteban Murillo，1617—1682），均为西班牙著名画家。下文里《裸体的玛哈》为戈雅的名作。

② 《堂吉诃德》，西班牙作家塞万提斯（Miguel de Cevantes，1547—1616）的长篇小说。书中主人公自称堂吉诃德·德·拉曼恰。下面两行原为西班牙文，为《堂吉诃德》第一章的头两句，与原文略有出入。

人民才是西班牙：
人民处在轰炸机下
我为之付出了它黄金的机翼——
我，一个工人，我的劳动
积累起百万金钱购买炸弹去炸死一个孩子——
我为西班牙购买了那些炸弹！
工人们为法西斯的西班牙制造了那些炸弹！
我还会不断地制造炸弹吗？

    暴雨云移动飞快，
    我们的天空一片灰暗。
    恐怖的白色恶魔
    在等待他们的日子

那时炸弹将不仅落在西班牙——
    还会落在我身上你身上！
    工人们，不要再制造炸弹！
    工人们，不要再挖掘黄金！
    工人们，不要再动手
    为他们强奸西班牙积累资金！
    工人们，把你们自己看作西班牙！
    工人们，知道吗我们也会哭喊。
    徒劳地伸出手臂，奔跑，隐藏，死去：
        太迟了！
        轰炸机！
    工人们，不要再制造炸弹
除非为我们所拥有
      保卫我们自己
以免某个佛朗哥偷偷溜进我们的后院①

---

① 佛朗哥(Francisco Franco，1892—1975)，1936 年发动武装叛乱，挑起西班牙内战，推翻了共和国后，任国家元首、大元帅、首相、西班牙长枪党党魁，独裁统治西班牙 30 多年。内战期间，得到德、意法西斯的支持，而英、法等国则采取"不干涉"政策。

在爱国的伪装下
挥舞旗子，胡说八道
从基督教堂的尖顶向人民
　　　扔下炸弹。

　　　我曾为西班牙制造了那些炸弹。
　　　我必须停止。
　　　我曾制造了那些轰炸机。
　　　我必须停止。

　　　我养肥了西班牙的王公贵族
　　　他们雇佣佛朗哥去领导他那帮匪徒
　　　与西班牙为敌。

　　　我必须永远停止。

我必须把轰炸机开出西班牙！
我必须从全世界销毁轰炸机！
我必须让世界重新属于我——

　　　一个工人的世界
　　　就是西班牙之歌。

　　　　　　　　　　　　　　（1937）

天才儿童

这是为天才儿童唱的歌。
小声点儿唱，这歌有点野。
你尽量小声点儿唱——
以免这歌失去控制。

没人喜欢天才儿童。

你能喜欢一头鹰，
驯化的还是野的？

你能喜欢一头
名字吓人的怪物？
野的还是驯化的？

没人喜欢天才儿童。

杀了他——叫他的灵魂去撒野。

（1937）

咆哮吧，中国！^①

咆哮吧，中国！
咆哮吧，东方的老狮子！
喷出烈火吧，东方的黄龙，
终于厌烦了被人打扰。
沉睡的聪明的老兽
曾以瓷器制造者闻名，
曾以诗歌写作者闻名，
曾以烟花爆竹制造者闻名，
你何时曾从别人那里
窃取过东西？
你已经很久没有惦记过
从别人那里
夺取土地了。
他们一定以为你也不惦记
你自己的土地——
于是**他们**开着炮舰来了，
建立租界，
势力范围，
国际公共租界，
教堂，
银行，
和种族歧视的基督教青年会。

---

① 兰斯顿·休斯曾在 1932 年出访苏联后来到中国。

142

他们用马六甲手杖打你①

除非在砍头时——

你才敢抬起你的头。

连黄种人也来②

夺取白种人还没有

夺取的东西。

黄种人在闸北扔下炸弹。③

黄种人称呼你的名字

和白种人一样：

> 狗！狗！狗！
>
> 苦力狗！
>
> 赤色分子……讨厌的赤色分子！
>
> 赤色的苦力狗！

最终你没有地方

制造你的瓷器，

写你的诗歌，

在节日里放你的爆竹。

最终你没有留下

丝毫的安宁与和平。

总统，国王，天皇

认为你真的是条狗。

他们每天欺负你

用无线电话，海底电报，

用在她的港口停泊的炮舰，

用马六甲手杖。

他们以为你是头驯服的狮子。

---

① 马六甲手杖，产于马六甲，用棕榈树干制成。
② 黄种人，指日本人。
③ 1937年日本军队侵略上海时，闸北是重点轰炸的地区之一。

一头沉睡的、安逸的、驯服的老狮子！

　　哈！哈！

　　哈哈哈……哈！

大笑，在上海的船甲板上苦力男孩大笑！

　　你不是驯服的狮子。

大笑，在新疆山上的赤色将军们大笑！ ^①

　　你不是驯服的狮子。

大笑，在外国人开的工厂里的童工们！

　　你不是驯服的狮子。

大笑——咆哮，中国！喷火的时候到了！

张开你的嘴，东方的老龙。

吞掉在扬子江上的炮舰！

吞掉在你天空里的外国飞机！

过去的爆竹制造者，吃掉子弹——

对着敌人的脸孔大声讲出自由！

　　苦力男孩

挣断东方的锁链！

　　赤色将军

挣断东方的锁链！

　　工厂的童工

挣断东方的锁链！

打碎租界的铁门！

打碎教堂的伪善的门！

打碎基督教青年会的旋转门！

打倒国土、面包和自由的敌人！

　　站起来咆哮吧，中国！

　　你知道你的需要！

　　获得它的唯一道路

———————

① 　新疆，原文为 Sian-kiang。

是夺取它!
咆哮吧,中国!

(1937)

西班牙来信
——寄至亚拉巴马

林肯军营

国际旅

1937 年 11 月某日

家乡的兄弟：

今天我们俘虏了一个受伤的摩尔人。①

他肤色深得就和我一样。

我说，小伙子，你在这里做什么

向自由开战？

我不能听懂

他回答的语言。

但是有人告诉我他是说

他在他的国家被人抓来

叫他参加法西斯军队

渡海来到西班牙。

他说他有一种感觉

他再不能回到家乡。

他说他有一种感觉

这整个事情都不对。

他说他不知道

---

① 摩尔人，现主要居住于摩洛哥等北非国家，皮肤为棕色，信仰伊斯兰教。

他不得不与之作战的人。

在我们夺取的一个村庄
他躺在那里死去，
我隔海瞭望非洲
我看见大地在颤抖。

如果自由西班牙赢得这场战争，
殖民地也会获得解放——
奇迹将会降临在
如我一样黑的摩尔人身上。

我说，我认为那是为什么
老英格兰，还有意大利，
害怕让一个工人的西班牙
善待你和我。

因为他们在非洲获取奴隶——
他们不想让他们自由。
听着，遭罪的摩尔人俘虏！
在这里和我握握手！

我在他身边跪下，
我拿起他的手——
可是受伤的摩尔人正在死去，
他什么都不明白。

祝你健康，
　约翰尼

（1937）

147

清脆的雨下着的时候

清脆的雨下着的时候
大地
又一回长出新的生命，
青草伸出了手
花儿探出了头，
整个平原上
奇迹在扩展
　　　那是生命，
　　　生命，
　　　生命！

清脆的雨下着的时候
蝴蝶
抬起丝绸般的翅膀
捕捉彩虹，
树木长出
嫩叶
在天空下欢乐歌唱，
沿着公路
小小子小姑娘
一边走一边唱，
清脆的雨下着的时候
　　　春天
　　　和生命
　　　那么新鲜。

（1938）

红土布鲁斯

（兰斯顿·休斯与理查德·莱特作）①

我想念那红土，主啊，
我要穿着鞋去感受它。
想着那红土，主啊，
我要穿鞋去感受它。
我要回到佐治亚
我想那些红土想得伤心。

人行道在我脚下很硬，
我讨厌了这水泥的街道。
人行道在我脚下很硬，
我讨厌了这城市的街道。
回到佐治亚去
那里的红土不能踩平。

我要踏进红泥里，主啊，
让红土裹住我的脚指头。
我要蹚进红泥里，
叫红土吸住我的脚指头。
我想要回我那小农场
我不在乎农场主去了哪里。

当狂风开始刮起的时候，
我想住在佐治亚。

---

① 理查德·莱特(Richard Wright, 1908—1960)，非裔作家、诗人。

是呀，当狂风开始刮起，
我想住在佐治亚。
我想看农场主逃跑
我不知道他们跑去哪里！

我想那些红土想得伤心。

（1939）

毯子多么薄

世界上有这么多不幸，
这么多贫穷和痛苦，
这么多人没有饭吃
也没有挡雨的房屋，
这么多人无依无靠地流浪，
这么多人忍受寒冷，
这么多人啃着苦面包
老去！

我能做什么？
你呢？
光凭我们能做什么？
我们省出几块面包
走几步路
就可以送出去！
向那些人伸出手
他们近在眼前
从来没人
和他们握手。
当他们自己
已经麻木
我们的爱的帮助多么渺小。
对那些绝望的
衰弱的身体
我们的毯子多么薄！

（1939）

151

对商业剧院的评论

你们拿走了我的布鲁斯——
你们在百老汇演唱
你们在好莱坞演唱，
你们把布鲁斯掺进了交响乐[①]
你们阉割了它
所以它听起来不像我。
是的，你们拿走了我的布鲁斯。

你们还拿走了我的灵歌。[②]
把我掺进《麦克白》和《卡门》[③]
和所有版本的《日本天皇摇摆》[④]
还有林林总总，只是不提我——
但是总有一天总有人
会站出来谈我，
写我——
是黑人，很带劲——
并且唱我，
演我!
我断定那将会是

---

① 指美国作曲家乔治·格什温（George Gershwin, 1898—1937）的交响乐作品《蓝色狂想曲》和《一个美国人在巴黎》。

② 灵歌，见 p. 109 注②。这里指黑人灵歌。

③ 《麦克白》和《卡门》，分别为意大利作曲家威尔第和法国作曲家比才的歌剧。

④ 《日本天皇摇摆》（Swing Mikados），一部摇摆乐风格的音乐剧，由芝加哥的一个黑人剧团于 1938 年首演，后又为纽约百老汇的剧团演出。

我自己!

是的，那会是我。

（1940）

爱情七瞬间
——布鲁斯风格的非十四行诗的连续片段

1. 黄昏狂想

我坐在这儿一个想法又苦又老套，
脑瓜里的好事儿我全忘了。
坐在这儿想着觉着都是悲哀。
像这样觉着我要开始行坏。
要去拿起我的手枪，点 44 的——
你要是再打搅我就叫你变成鬼。
要去拿起我的手枪，是点 32 的，
拿所有子弹崩了你。
对，我坐在这儿想着——一个想法又苦又老套
两种手枪我还没去拿。
只要是我有杆鹰头老枪，鹰头老枪会干的，
我会拿起鹰头老枪朝你开火。
可是我没有鹰头老枪，你也离开了小镇
我坐在这儿想着，皱着眉头，又苦又老套。
门廊黑了，主啊！太阳落山了！

2. 晚饭时候

我看看壶，壶干了。
看看面包盒子，只有一只苍蝇。
打开灯，瞧着真不赖！
我想生火，可没有木柴。
看着水槽水在滴滴答答。
听着我的心跳试着去琢磨。

听着我的脚步在地板上走着。
你的身体曾在那地方，不会再有了。
你挂衣服的地方，现在空空荡荡。
你乐意就躲得远远的，看我在乎不在乎！
如果有火我就沏壶茶
坐下来喝，就我和我自己。
主啊，为了 WPA 我得找个女人——①
要不他们会削减付我的钱。

3. 睡觉时候

要是这收音机还好用我会听 KDQ 台
听听贝西伯爵新近弹些啥。②
要是我有俩儿钱我会去逛街
撒钱给我碰到的老母鸡。
要不是这么困我就去找乔
骗一骗我认识的几个蠢蛋。
要不是天太晚我会去遛一遛
找人开开玩笑聊聊天。
不过白天我还得起床，
我不妨在床上吹吹牛皮。
没有你我也能睡得这么香！
屋里这么静！……听得见耗子。
我看见了一对儿？我数过了两回？
该死的小耗子！我情愿我是你！
做个人孤单得要死要是不成双儿。

---

① WPA(Works Projects Administration)，美国公共事业振兴署，成立于 1935 年，主要为失业者(多为非技术人员)提供修建公共建筑、桥梁、道路等工作。
② 贝西伯爵(William James "Count" Basie，1904—1984)，爵士乐钢琴家兼作曲家。

4. 早晨

大本钟，我要揍你，把你摔到墙一边！
我要砸你的脸，叫你掉下来！
你在这儿响声真他妈大
你一定想要吵醒一条街！
可你该吵醒的只有我没别人。
我是独自一个要在冷天里赶紧跑的人，
在这大清早让肉和魂儿
在我这又老又土气的大块头里抱成团儿。
你知道我相信我会改变我的名声，
改变我的肤色，改变我的做派，
从今往后做个白人！
我纳闷白人就不会感觉很坏？
早晨起来又孤单又悲哀？

5. 礼拜天

礼拜天一整天我都没有捯饬自己。
想干吗就干吗，这里只有我一人。
不非要上教堂。
不非要去哪里。
我真想告诉你我有多么不在意
你走得多远，你呆得多长——
我今天真是自得其乐！
坐在大门廊想呆多久就呆多久。
即便你来跪下我也不想带你回家。
可这房子静悄悄！
它应该有些声响……
我想去邀几个小子来玩扑克。
可小子们全结婚了！哼！
太糟糕了不是？

他们该像我坐在这儿——感觉高兴！

6. 发薪日

这薪水支票全都归我。
压根不必跟谁分享。
不必听谁说：
"这星期全归我花。"
我要去把它变现，
给我买几样东西。
不为那收音机花一分钱了
也不花钱买钻戒了
本来是要为结婚买的
结果倒霉地泡了汤。
我要跟卖家具的讲
来把他们所有的东西都搬回去，
为了它们我一直辛辛苦苦挣钱。
我从来不喜欢那个装修方案
我独人住着不需要什么家具——
我打算回到公寓住，做个自由人。
我打算租个有张单人床的小房间。
我连我以前的那些女人都没梦见。
女人太可恶！就是个诅咒！
你过去最好——你现在最混。

7. 信

亲爱的凯西：我收到了你的信。
昨晚来的。
你什么意思，我为什么不写信？
你什么意思，只是个小口角？
我怎么知道你去了哪里？
即使我知道，我也发疯了——

把我一个人丢在双人床上。
肯定的，我想你的肉——不想想你的人。
对，快回来吧——我知道你想回。
我不会忘记，我不会原谅，
不过你不妨呆在你该住的地方。
要是你认为我以前太各色，
我会试着不那么各色。
我不能和你过好日子，我不能过日子，没有——
那我们就忘掉这回的拌嘴。
快回来吧，烤些玉米面面包，
给我们的双人床做条被子，
天快亮时轻轻叫醒我
那个旧闹钟伤我的耳朵。
这里是五块钱，凯西。买张票回来。
我会在汽车站迎你。

　　你的宝贝儿，

　　　杰克。

（1940）

亚拉巴马的黎明

当我成了作曲家
我要为自己写音乐
写亚拉巴马的黎明
我要把最纯粹的歌写进去
像沼泽的雾从地面升起
像轻柔的露珠从天空降落。
我要把高高的大树写进去
那松针的芳香
那雨后红黏土的气味
那些黑人那些混血的人
他们长长的红脖子
他们罂粟花一样的红脸膛
他们又粗又黑的胳膊
他们野地里雏菊花似的眼睛
我要把白色的手
黑色的手、棕色黄色的手
还有沾满红黏土的手写进去
在音乐的曙光里
用善意的手指接触每一个人
像露珠一样自然地相互接触
当我成了作曲家
我要写亚拉巴马的
黎明。

（1940）

战争评论

让我们为了真理
杀死青年。

我们老年人知道什么是真理——
真理是一束邪恶的谎言
捆绑在一起，加以美化——
一个战争贩子引诱无知的青年
互相残杀
说是为了
真理。

（1940）

难民路之歌

难民路，难民路
从这里我要走向何处？
脚太累，路太重！
我的心充满恐惧。
我离开的人远抛在后面——
　　　　家在何处！
烦恼的黑风在心里呼啸。
　　　　没人关注！
我的过去苦涩！明天——会有什么？
难民路！难民路！
从这里我要走向何处？
走在这条难民路。
我必须乞讨？我必须偷窃？
我必须说谎？我必须下跪？
像沉默的厌战的绵羊受驱赶，
我们必须在路上流浪流泪？
这世界可愿意倾听我的呼吁？
在中国军阀们在恐吓在咆哮。
在所有黑暗的大陆，自由被夺去。
在维也纳，光明和欢乐之城，
曾经畅响着华尔兹，现在悲惨地低下了头。
阴沉的埃塞俄比亚，被剥夺了欢笑。
在西班牙，弹壳在土地里种下钢铁的种子。
啊，自由女神像，照亮明天，
看！赐予我的苦难以怜悯：
　　　　家在何处！没人关注！

我的过去苦涩！明天——会有什么？
难民路！难民路！
从这里我要走向何处？
走在这条难民路。

（1940）

美国的黑人青年乔^①

这个伟大的民族
十分之一的人口
是久远以前被天然晒黑的，
可我们是出生受训于此的美国人
当每位公民学会知道
我是美国的黑人青年乔
我们的国家会受益匪浅！

男子汉，好脾气，微笑着，快乐着，
我的天空时有阴霾
但那不会长久。
我来了，我来了——
我的头颅**不会**低下！
我豪迈阔步！我语音洪亮！
我是美国的黑人青年乔！

这是我自己的我出生的国度，
我非常高兴确实如此。
我的父亲工作过的地方
你也同样在这里工作。
让自由的明亮火炬
在山的每一侧大放光芒——
与民主手牵手站立，

---

① 乔·路易斯(Joe Louis，1914—1981)，曾于1937年至1949年蝉联世界重量级拳击冠军。

我是美国的黑人青年乔！

除了乔·路易斯，还有亨利·阿姆斯特朗①
他的名字有三个头衔，
在拳击赛场
击败了和他同等重量的所有人。
接着出现了肯尼·华盛顿②
身穿橄榄球运动衣，
奔跑，传球，踢球，扑搂，危险阻挡。

也不能忘记田径运动员埃勒比③
他为塔斯克基学院积累了得分，
还有杰西·欧文斯和他的桂冠花环④
叫老希特勒咬牙切齿。
看那些黑小伙快速跑过，
头颅仰起，脚步如飞。
看那里，梅特卡尔夫，约翰森，
托兰！他们走下竞赛场，⑤
在观众前展示速度与豪情——
他们是美国的黑人青年乔！

---

① 亨利·阿姆斯特朗（Henry Armstrong, 1912—1988），曾于 1938 年获得中
轻量级、轻量级和次轻量级的三个世界冠军。
② 肯尼·华盛顿（Kenny Washington, 1918—1971），职业橄榄球运动员，
是第一位与全美橄榄球联赛签约的非裔人。
③ 埃勒比（Mozel Ellerbe），亚拉巴马州塔斯克基学院（专收非裔学生）学
生，为 1938 年和 1939 年的全美国 100 米和 200 米短跑冠军。
④ 杰西·欧文斯（Jessi Owens, 1913—1980），在 1936 年柏林奥运会上赢
得 100 米和 200 米短跑、4×100 米接力、跳远共四枚金牌。
⑤ 梅特卡尔夫（Ralph Metcalf, 1910—1978），在 1932 年刷新了 200 米短跑
的世界纪录。约翰森（Cornelius Johnson, 1913—1946），1936 年柏林奥运会的跳
高冠军。托兰（Thomas Tolan, 1908—1967），在 1932 年洛杉矶奥运会赢得 100
米和 200 米短跑两枚金牌。

这是我们自己的我们出生的国度，
我非常高兴确实如此。
我的父亲工作过的地方
你也同样在这里工作。
让自由的明亮火炬
在山的每一侧大放光芒——
与民主手牵手站立，
我是美国的黑人青年乔！

（1940）

1941—1950

假　设

假设我有几个小钱
我会买一头骡子，
骑上那头骡子
我看起来像个傻子。

假设我有一些钞票
我会买一台帕卡德，①
给它灌满了汽油
开着那宝贝儿往后倒。

假设我有一百万
我会买一架飞机
美国的每一个人
会以为我是个疯子。

可是我没有一百万，
事实上没有一毛钱——
于是我光做假设
玩得真开心！

（1941）

---

① 　帕卡德(Packard)，为 20 世纪上半叶产于美国的豪华轿车品牌。

全国有色人种协进会[①]

我在报纸看到
全国有色人种协进会
在休斯敦举行会议
我很想去那里看看
在现今这个艰难时候
他们打算做什么
因为我们需要采取某些稳定的步骤
取消种族隔离。
我们需要派个代表团
去见总统
直截了当地告诉他
我们被派来的原因：
告诉他我们听到了
他关于民主的演讲——
但是你必须是什么肤色的人
才能欣赏他讲的内容？
我在海军里当厨师或洗碗工。
在海军陆战队里这两样我都不能做。
陆军仍然把我隔离——
我们没有被希特勒操纵！
黑人车厢仍然肮脏。
种族隔离的线仍然划着。

---

① 全国有色人种协进会(National Association for the Advancement of Colored People，NAACP)，是美国白人和有色人种组成的旨在促进黑人民权的全国性组织。成立于 1909 年，总部设在纽约。该组织的目标是保证每个人的政治、社会、教育和经济权利，并消除种族仇视和种族歧视。

在华盛顿
他们吹响了自由的号角!
全国有色人种协进会在休斯敦开会了。
人们全力行动吧!
我们要采取某些果断的步骤
中止陈旧的歧视黑人的措施。

（1941）

傍晚争吵

糖在哪儿，哈蒙德？
我今早叫你去买的。
我说，糖在哪儿？
我今早叫你去买的。
咖啡不加糖
叫个好女人会喊娘。

    我没有去买糖，哈蒂，
    我把你的钱赌光了。
    我没有去买糖，
    我把你的钱赌光了。
    你要是个聪明的娘们，哈蒂，
    就什么都别讲。

我不是个聪明的娘们，哈蒙德。
我又毒又疯狂。
你对我这么坏
没意思我当个好娘们。

    我没有对你坏，哈蒂，
    也没有对你好。
    不过要是我乐意
    我肯定对你更糟糕。

主啊，我们女人
不得不忍受这些事儿！

我纳闷哪儿去找个
行得端的好男人？

（1941）

当心，爸爸

当你听见往年的歌
就快乐得发抖
对当今的小曲
你说特别乏味——
当心了！你正在变老！

当你吹捧你年轻时代
一成不变的美德
声称这个时代的年轻人
粗鲁不文明——
唔—呼！你正在变老！

当心了！
否则你不会明白
周围的一切。
当心了！

（1941）

爷爷的故事①

电视上的图画
不如没有图画的故事
能让我产生梦想
爷爷知道怎么讲故事。

虽然他不知道
是什么让太空人行走，
爷爷会说在他那个时候
汉堡包只卖一毛钱，
冰激凌筒五分钱，
给个淘气包一分钱就够了。

（1941）

---

① 此诗和以下三首是为儿童写的诗。

174

难　得

我难得看见
一只袋鼠
除非在动物园。

我从没看见
一头鲸
除非在书里面。

另一个
我从没看见的
是我爷爷的——
爷爷的——爷爷的——爷爷——
他一定是
家庭的支柱，
可惜没有
照片。

（1941）

布 鲁 斯

那会儿你的鞋带断了
还两只鞋都一样
而你正在赶路——
那叫布鲁斯。

那会儿你去买棒棒糖
可你丢了你那一毛钱硬币——
它从你衣袋的窟窿漏掉了——
那也叫布鲁斯，特糟糕！

（1941）

友　好

我朝太阳点头
太阳说，你好啊！
我对大树点头
大树说，也问你好！

我跟小树握手。
小树也跟我握手。
我对花说，
花儿，你们好吗？

我向男人致意。
陌生人碰碰他的帽子。
我对女士微笑——
世界都在微笑。

啊，今天是假日
人人有相同的感觉！
什么感觉？——友好
相互传递友好。

（1941）

沉　默

你还没开口
我已领悟
你沉默的风格。

我无需听到
一个字。

在你的沉默里
我听到了我寻找的
每一种语风。

（1941）

难　民

孤独可怕地击打我的心，
弯下受痛苦折磨的身躯。
被撕裂天空的雷霆惊呆
我毫无遮挡地站立雨中。

孤独可怕地变成惊慌和恐惧。
我听见我的脚步响在昨天的台阶，
你在哪里？啊，你在哪里？
过去这么亲切。

（1941）

南方黑人说

当我听他们说他们要
拯救民主
我心想他们一定是
忘记了我。
真是可笑，白人们
要去欧洲
为自由和光明
作战
而就在这里在亚拉巴马——
上帝保佑我！——
如果我说出那个字，自由
他们就宣称我是第五纵队分子。①
种族歧视包围着我。
我没有权利投票。
我们还是别去管邻居的闲事
看看我们自己的毛病——
当人们谈论自由——
又对我种族歧视
我当然不明白
这能有什么意义？

(1941)

---

① 第五纵队分子，外国间谍的代名词。

我和骡子

我的老骡子，
他的老脸咧嘴笑。
他老早就是头骡子
他早忘了他的祖宗。

我就像那头老骡子——
黑黢黢的——不会骂娘！
你来牵我
就当我是头骡子。

（1942）

旋转木马

——黑人孩子在狂欢节

先生，我要骑木马
旋转木马上
哪里是黑人区？
在南方，我的老家，
白人和黑人
不能挨着坐。
在南方的火车
有一节黑人的车厢。
在公共汽车里我们给安排在后边——
可是旋转木马
没有后边！
供黑孩子骑的木马
在哪里？

（1942）

苦楚的河

（献给查理·朗和欧内斯特·格林，他们于 1942 年 10 月 12 日在密西西比州的奇卡萨维河上的舒布塔桥下受私刑而死，二人年仅 14 岁。）

一条苦楚的河
流过南方。
河水的味道太久太久地
留在我嘴里。
一条苦楚的河
黑暗裹着污秽和泥浆。
它邪恶的毒素太久太久地
荼毒了我的血液。

我喝了苦楚的河水
它的苦汁包裹了我红色的舌头，
它混合着受私刑的孩子的血
他们被吊死在铁桥，
它混合着被淹死的希望
淹死在像蛇一样发出嘶嘶声的河
在那里我喝了苦楚的河水
它扼杀了我的梦想：
读过的书——毫无用处，
掌握的工具——没有使用，
获得的知识被抛弃了，
雄心被压垮了捣碎了。
啊，苦楚之河的水
你带着血和人肉的味道，

夜里你映照不出星星，
白天你反射不出太阳。

苦楚的河映照不出星星——
它映照的只有钢铁的栅栏
和栅栏后黑色苦楚的脸：
栅栏后的斯科茨伯勒男孩们，①
栅栏后的路易斯·琼斯，②
栅栏后的没有投票权的佃户，
栅栏后的劳工领袖，
栅栏后从种族隔离车里扔出的士兵，
栅栏后抢了一毛五分钱的盗贼，
栅栏后出卖肉体的姑娘，
栅栏后我的祖父伤痕累累的脊背，
很久以前，很久以前——鞭子和栅栏——
苦楚的河映照不出星星。

你说："等着，耐心点，
你们会过上好日子。"
但是苦楚河里的漩涡
卷走了你的话。
"工作，教育，耐心
会带来好日子。"
苦楚河里的漩涡

---

① 斯科茨伯勒(Scottsboro)，亚拉巴马州的一个小镇。1931 年 3 月，9 名年龄在 13 至 21 岁之间的黑人男孩坐车穿过这里时因斗殴被捕，随后被控强奸了 2 名同车的白人女孩，州法院判处其中 8 名男孩死刑。然后，男孩上诉最高法院；经审理，他们并未强奸白人女孩，于是改判 5 名男孩有期徒刑，4 名无罪释放。斯科茨伯勒男孩诉讼案当时轰动全美国，是美国民权运动的前兆，并导致了美国最高法院两个里程碑式的裁决，从而加强了所有美国人的基本权利。

② 路易斯·琼斯(Lewis Wade Jones, 1910—1979)，社会学学者，致力于美国南方黑人的社会学研究。

184

卷走了你的"耐心"。
你说："制造分裂的人！搅乱人心的人！
制造麻烦的人！"
苦楚河里的漩涡
卷走了你的谎言。
我没有寻求过这条河
也没有尝过它的苦酿。
是你把河水当作礼物
送给了我。
是你的权力
逼迫我背靠着墙
命令我喝下那杯苦涩的酒
混合着血和苦汁。

铁桥横跨那条河
在那里你对我的伙伴动用私刑，
你对我的劳动只付低薪，
你对我的梦想啐唾沫。
你逼迫我到那条苦楚的河
它哼着蛇一样的嘶嘶声——
现在你的话不再有任何意义——
我在那条河里喝得太久：
梦的梦想者被击垮了，
希望的建造者被击溃了，
我是失败者口袋里空空
没有几个钱，
我辛酸地肩负重担
唱着疲惫的歌，
我在那苦楚的河里
喝它的污秽泥浆太久太久。
现在我厌倦了那苦楚的河，

现在我厌倦了那些安抚的话，
现在我厌倦了那些铁栅栏
因为我的脸是黑的，
我厌倦了被隔离，
厌倦了污秽和泥浆，
我喝了那苦楚的河水
它在我的血里变成了钢。

啊，悲惨的苦楚的河
受私刑的孩子吊死在那里，
你苦涩的河水的苦汁
包裹了我的舌头。
你苦楚之河的血液
为我映照不出星星。
我厌倦了苦楚的河！
厌倦了栅栏！

（1942）

自 由 人

你能抓住风，
你能抓住大海，
可是好妈妈，
你永远不能抓住我。

你能驯服一只兔子，
甚至驯服一头熊，
可是好妈妈，
你永远不能把我关进笼子。

（1942）

上 午

昨晚我特难受
简直昏了头。
昨晚我特难受
昏了头。
我喝高了劣质酒
差点搞瞎我的眼。

我昨晚做了个梦
以为我进了地狱。
我昨晚做了个梦
以为我进了地狱。
醒来我瞧瞧四周——
宝贝儿，你的嘴张得像口井。

我说，宝贝儿！宝贝儿！
别打鼾像打雷。
宝贝儿！求求你！
别打鼾像打雷。
你只是一个小女人
可听上去像是一大帮。

（1942）

密西西比河防洪堤

一直在堤上干活，
干活像条缩尾巴狗。①
在堤上干活
像条缩尾巴狗。
等洪水退下，
睡得像根浸水的木头。

我不明白干吗要修这堤
这堤起不了用场。
我不明白干吗要修这堤
这堤起不了用场。
我装了一百万个沙袋
河水还是涨成了洪水。

防洪堤，防洪堤，
你得垒多高？
防洪堤，防洪堤，
你得垒多高
才能不叫那冷泥汤
把我淹死？

（1942）

---

① 缩尾巴狗，狗在恐惧或烦躁时会将尾巴卷起缩在腹下。

西得克萨斯

南方的西得克萨斯
太阳暴晒像个恶魔
我有一个妞儿
名字
叫乔。

乔说在田里摘棉花
那滋味会怎样?
于是我们装好
行李
出发。

于是我们开动老福特
上了奔南的路
我们要去哪儿
该走哪条道——
不清楚

可是在西得克萨斯
太阳暴晒像个恶魔
对一个黑人
你无处
可躲!

(1942)

三 K 党①

他们拽我出来
到个背静地方。
他们说："你相信
白人了不起吗？"

我说："先生，
跟你讲真话，
你只要放了我
我什么都相信。"

那个白人说："小子，
你怎么能
站在那儿
跟我说话？"

他们尅我的脑袋
把我揍趴下。
然后他们
在地上踢我。

一个三 K 党分子说："黑鬼，

---

① 三 K 党(Ku Klux Klan, K. K. K.)，是美国历史上的一个奉行白人至
上主义的民间团体，也是美国种族主义的代表性组织。三 K 党最初于 1866 年
由南北战争中被击败的南方军队的退伍兵组成，他们反对在南方强制实行的解
放黑人奴隶的法案，他们经常通过暴力来达成目的。1871 年，尤里西斯·格兰
特总统签发法案，取缔了三 K 党，但此后仍有针对黑人的暴行发生。

看着我的脸——
告诉我你相信
白人了不起。"

（1942）

哈莱姆河沉思

你去过那河边没有？
——半夜两点，就你自己。
在河边坐下
想想你会留下什么？

你想过你的母亲吗？
上帝保佑她，她已经死去！
你想过你爱的人吗？
但愿她从没出生。

去哈莱姆河边：
　　　半夜
　　　两点！
　　　就你自己！
主啊，我愿我能死去——
可我走了谁会想念我？

（1942）

193

忧愁的河

在我们之间，我爱的人，
永远横亘着忧愁的河。
你是我的天空，我的太阳
闪耀在忧愁的河上。

我行走遥远为了触摸你的手。
那旅程是忧愁的河。
我们相见，却不能相知
这命运攸关的忧愁的河。

深沉的心，幸福的梦，
阻隔于这忧愁的河。
在我们之间，我爱的人，
永远是这汪洋似的忧愁的河。

（1942）

自由之犁

当一个人一无所有开启人生，
当一个人两手空空干干净净
开启人生，
当一个人开始打造一个世界，
他首先开始于自己
他心里有信念
有去建设的力量
和意志。

他心里首先有一个梦——
接着头脑开始寻找一条路。
他的眼睛瞭望世界，
天地间辽阔的森林，
天地间肥沃的土壤，
天地间纵横的河流。

眼睛看到了可用于建设的材料，
也看到了困难和障碍重重。
手寻找工具切割木头，
翻耕土地，治理河流。
手寻求别的手的帮助，
一个手的集体的帮助——
于是梦不单是一个人的梦，
而是集体的梦。
不单是我的梦，
而是我们的梦。

不单是我的世界，
而是你的世界和我的世界，
属于全体建设者。

很久以前，但不是太久，
横跨大海的船来了
运来了清教徒和祷告者，
冒险家和掠夺者，
自由人和契约仆人，
奴隶和奴隶主，全是新人——
来到一片新大陆，美国！

西班牙大船鼓荡着风帆来了
运来了男人和梦，女人和梦。
心连着心，手携着手
他们团结起来，
开始建设我们的大陆。
有一些是自由人
寻求更大的自由，
有一些是契约人
希望找到他们的自由，
有一些是奴隶
护卫着他们心里自由的种子，
那个字眼永远在那里：
　　　　自由。

犁插进了泥土里
犁在自由人手里，在奴隶手里，
在契约人手里，在冒险家手里，
犁在众人手里翻耕肥沃的土地
种植、收获了粮食喂养美国，

种植了棉花给美国穿衣。
斧子在众人手里砍向大树
劈呀凿呀搭盖起美国的屋顶。
大船小船驶入河流海洋
让美国跑上运输线。
鞭子噼啪驱赶马群
穿越美国的平原。
自由人的手和奴隶的手，
契约人的手，冒险家的手，
白人的手和黑人的手，
握住犁柄，
斧柄，锤子把儿，
驾船，策马
为美国提供食物、房屋和运输。
所有这些手一起劳动，
造就出了美国。
劳动！通过劳动出现了村庄
镇子成长为城市。
劳动！通过劳动造出了小船
帆船和汽船，
造出了马车和客车，
带篷马车和驿站客车，
通过劳动出现了工厂，
出现了铸造厂，出现了铁路，
出现了大大小小的市场和商店，
出现了注模制造的伟大产品，
在商店里出售，在货栈里堆放，
被航运到广阔的世界：
通过劳动——白人的手和黑人的手——
产生了梦想，力量，意志，
建设美国的途径。

现在它是这里的我，是那里的你。
现在它是曼哈顿，芝加哥，
西雅图，新奥尔良，
波士顿和埃尔帕索①——
现在它是美利坚合众国。

很久以前，但不是太久，一个人说：

> 人人生而平等……
> 造物主赋予了他们
> 某些不可剥夺的权利……
> 其中包括生命权，自由权
> 和追求幸福的权利。

他的名字是杰弗逊。那时还有奴隶，
但奴隶们心里也信任他，
默默地假定
他所讲的也包括他们。
很久以前，
但不是太久，林肯说：

> 没有人优秀到足以
> 不经他人的同意
> 而去支配他人。

那时也有奴隶，
但奴隶们心里明白
他所说的肯定包括每一个人——
否则那对任何人都毫无意义。

---

① 埃尔帕索（El Paso），得克萨斯州西部边境城市，与墨西哥比邻。

后来一个人说：

> **宁为自由死**
> **不作奴隶生。**

他是个有色人，作过奴隶
但他为自由逃走了。
奴隶们知道弗里德里克·道格拉斯说得对。[①]
在哈普斯渡口黑人和约翰·布朗一起死了。
约翰·布朗被吊死了。
在内战以前的黑暗时代，
没人确切知道
什么时候自由会胜利
有人想"没个准儿"。
但另有人知道它必须胜利。
在那奴隶制的黑暗时代，
为了护卫他们心里的自由的种子，
奴隶们编了一首歌：

> **用你的手抓住犁！**
> **抓牢了！**

那首歌的意思正如它所说：抓牢了！
自由就要来到！

> **用你的手抓住犁！**
> **抓牢了！**

[①] 弗里德里克·道格拉斯（Frederick Douglass，1818—1895），出生于马里兰州的黑奴，逃到北方后，成为全美废奴主义运动的领导人。他以雄辩的演说和犀利的文笔著称，主编了著名的报纸《北极星》，并是第一位被提名为美国副总统候选人的非裔政治家。

它从战争中来了，血腥可怕！
但它来了！
那时总有些人怀疑
战争能否恰当结束，
奴隶能否解放，
联邦能否站稳，
而现在我们知道这一切全实现了。
现在我们知道人民和国家
怎样走过最黑暗的年月，实现了目标。
战争的烟云消失后出现了光明。
出现了伟大的林木茂盛的国土，
人们团结成为一个国家。

美国是一个梦。
诗人说它曾是许诺。
人民说它现在是许诺——将来会实现。
人民并不总是大声张扬，
也不把想法写在纸上。
人民常常把伟大的信念藏在心底，
只在有时笨拙地表达出来，
犹犹豫豫地说出来，
不无瑕疵地付诸行动。
人民并不总是互相理解。
但是在有些地方，
他们总是尝试去理解，
尝试去宣讲，
"你是一个人。我们一起建设我们的国家。"

美国！
这国家是共同创造的，
这梦是共同营造的，

用你的手抓住犁！抓牢了！
如果房屋还没完工，
别丧气，建设者！
如果战斗还没打赢，
别厌倦，士兵！
宏图伟略在这里，
自开始就编织进了
美国的经线和纬线：

人人生而平等。

没有人优秀到足以
不经他人的同意
而去支配他人。

宁为自由死，
不作奴隶生。

是谁说的这些话？是美国人！
是谁拥有这些名言？是美国！
谁是美国？是你，是我！
我们是美国！
对想从外部征服我们的敌人，
我们说，**休想**！
对想从内部分裂我们
征服我们的敌人，
我们说，**休想**！

自由！
　　兄弟情谊！
　　　　民主！

对于所有这些名言的敌人：
我们说，**休想**！

很久以前，
受奴役的人们向往自由
编了一首歌：

  用你的手抓住犁！抓牢了！
那只犁耕出一道新的犁沟
跨越历史的原野。
在犁沟中播下了自由的种子。
那种子长成了一棵树，它正在生长，将永远生长。
这树会造福每个人，
造福全美国，造福全世界。
愿它枝繁叶茂，郁郁青青，
直到所有的种族和人民得到它的庇护。

  用你的手抓住犁！
   抓牢了！

（1943）

智　慧

我极其谦卑地站在
人类的智慧面前，
深知我们并非
真的聪明：

如果我们真的聪明，
我们会开启那王国
让大地快乐
如同梦想的天国。

（1943）

总统先生

罗斯福总统，你
是我们的统帅。
因此，我向你呼吁
想得到你的帮助。

尊敬的先生，
我等待你的答复
我在这里接受训练，
去战斗，也许去死。

我是一名士兵
在亚拉巴马南部
穿着山姆大叔的①
军服。

可是当我坐上公共汽车
我不得不坐在后面。
那些座位仅仅供
肤色黑的人们。

当我坐上火车，
只能坐黑人专用车厢——
那难道不像在嘲笑
我们为之战斗的目标。

---

① 山姆大叔(Uncle Sam)，美国政府的绰号。

总统先生，
我不明白
为什么民主
偏偏忘记了黑人。

尊敬的先生，
我因此请你注意
你的演讲没有提到的
种族隔离法案。

我要问为什么
你的士兵必须坐在后面
被隔离——
就因为我们是黑人？

我接受训练去战斗，
也许去死。
先生，我急切地
等待你的答复。

（1943）

盲　人

我是盲人。
我不能看见。
肤色不妨碍我。
我不懂
黑与白。
我行走在夜间。
不过我似乎懂得人们
比盲人更受磨难。
那些看见了世界的人
是否注定常常心烦？
或者那些能看见的人
从来不像我
用无限量的眼
看？

（1943）

地 下

（致欧洲和亚洲被占领国里的反法西斯战士）

你们还在捆绑我们的双手，

敲出我们的牙齿，砸烂我们的脑袋，

你们还在对我们高声咒骂，

大叫大喊，让我们沉默如死亡，

你们还在把我们送上断头台，

杀人墙，刽子手的行刑台。

还有战壕里的集体坟坑。

但是你们不能杀光我们！

你们不能让我们全体沉默！

你们不能阻止我们所有人！

从挪威到斯洛伐克，从满洲里到希腊，

我们就像那些河

淌满了春天的融雪

向四面八方漫过大地。

我们的春天将会来到。

在野蛮岁月里郁积的雪

正在升起的自由的太阳下融化。

世界的河流

将充盈着力量

把你们冲走——

你们这些杀戮人民的人——

纳粹，法西斯分子，刽子手，

绥靖主义分子，骗子，叛国分子，
你们将被冲走，
大地将重新净化，生气勃勃，
消除过去的阴影——
时间将最终
赐予我们
春天。

（1943）

甘地在绝食①

强大的不列颠，颤抖吧！
让你帝国的旗帜倾斜
以免它彻底动摇——
甘地先生今天绝食了。

你也许认为那很傻——
我说的话里没有真理——
全亚洲都在注视
甘地今天绝食了。

全亚洲都在注视，
我也在注视，
因为我也被种族隔离——
如同印度被你种族隔离。

大不列颠，你非常清楚，
让那些不是白人的人
遭饥饿，被殴打，受压迫，
是不对的。

当然，在美国这里，
我们的情形也同样。

----

① 1942 年 8 月，圣雄甘地因要求英国退出印度、让印度独立而被捕，他
在狱中绝食以抗议。

愿甘地的祈祷也惠及我们，
他今天绝食了。

（1943）

博蒙特到底特律：1943[①]

看这里，美国
你都干了些什么——
让事态放任自流
直到发生骚乱。

现在你的警察
放走了你的暴徒。
我算计你们对我
丝毫也不关心。

你告诉我希特勒
是个罪大恶极的人。
我想他向三K党
学到了很多。

你告诉我墨索里尼
心肠狠毒。
他一定是在博蒙特
迈出罪恶的第一步。

希特勒和墨索里尼
干的每一件事情，
黑人们从你那里

① 1943年5月12日至8月8日，美国发生了一系列种族骚乱。其中事态最严重的城市为得克萨斯州的博蒙特和密歇根州的底特律。

得到同样的对待。

希特勒掌权之前
你就对我进行种族歧视——
直到现在，这每时每刻
你**还在**对我进行种族歧视。

你说我们在为民主
进行战斗。
那么为什么民主
就不包括我？

我问你这个问题
因为我要知道
对**希特勒——和种族歧视**
我要战斗多久。

（1943）

玛吉·波莱特小调①

如果玛吉·波莱特
是个白人
那天晚上她就不会
和警察发生口角。

在布莱德克
酒店的大堂
她就不会感觉
被推向了地狱。

一个士兵替她说话。
他的背部给白人警察
射了一枪——
那个士兵是黑人。

他们杀死了一个黑人士兵！
人们开始叫喊——
那喊声传遍了哈莱姆
转变成骚乱。

---

① 玛吉·波莱特（Margie Polite）为一名黑人妇女。1943 年 8 月 1 日，她在哈莱姆的一个酒店里被一名白人警察以妨害治安行为拘留。然后一个黑人士兵介入为玛吉·波莱特说话，警察向士兵的后背开枪，将他打伤。围观的群众里开始谣传，说白人警察杀死了黑人士兵，于是引发了哈莱姆黑人群众的骚乱，导致了 6 人死亡、700 人受伤以及数百万美元的财产损失。此事件成为著名的 1943 年哈莱姆骚乱。

他们把玛吉抓进监狱
把她关在那里。
指控断言她
行为妨害治安。

玛吉以前是个
无足轻重的小人物——
可是现在她不再
仅仅是个小人物了。

她引爆了骚乱!
哈莱姆人说
八月一日是
玛吉的日子。

八月一日是
命里注定的日子
玛吉和历史
有一个约定。

加迪亚市长
坐车跑南跑北。
有人叫,
斯图维桑特镇①
怎么样啦?

黑人领袖们
坐在宣传车里。

---

① 斯图维桑特镇(Stuyvesant Town)为位于曼哈顿东南部的一个大型住宅区,主要居民为白人。

有人叫，滚回去，
你们这些帮凶！

一个领袖高喊，
他们没有杀死那个士兵。
有人叫，
是没有！可他们想！

玛吉·波莱特！
玛吉·波莱特！
让市长——
还有沃尔特·怀特——①
还有每个人
折腾了整夜！

当警车
带走了玛吉——
那天不属于母亲
也不属于父亲——
那天是
玛吉的日子！

（1943）

---

① 沃尔特·怀特（Walter White）为全国有色人种协进会（NAACP）领导人，
即上述的"一个领袖"。

太太和收租人

收租人敲门。
他说，你好吗？
我说，我能给你
做点啥？
他说，你知道
你的房租到期了。

我说，听着，
不等我付钱
我就先下地狱
烂掉啦！

水槽子坏了，
水流不出去，
你们答应过修好，
可什么也没干。

后窗裂开了，
厨房地板嘎嘎响，
地窖里有耗子，
阁楼上漏雨。

他说，太太，
那和我不相干。
你没有看见
我只是个代办人？

我说，自然啦，
你推得一干二净。
只是如果你要钱
你就不走运啦。

他说，太太，
我不痛快！
我说，我也一样。

这样我们就扯平了！

（1943）

太太和她的太太

我给一个女人干活，
她可不平常——
她有一座十二个房间的
宅子要打扫。

还得做早餐，
午餐和晚餐——
干完这些后
还要照看她的孩子。

洗呀，熨呀，擦呀，
出去遛狗——
太忙了，
差点把我累垮。

我说，太太，
你是不是
想把我变成
一匹马?

她张开了嘴。
她哭了，哦，不!
你知道，阿尔伯塔，
我有多喜欢你!

我说，太太，

这也许是真的——
可我要是喜欢你
我就成了条狗！

（1943）

黑人发言

我向主发誓
我仍然不能理解
为什么民主包括了
每个人却没有我。

我向我的灵魂发誓
我不能明白
为什么自由
不适用于黑人。

我向上帝发誓，
我确实不知道
为什么你以解放的名义
这样对待我。

在南方你让我乘坐
种族隔离汽车。
从洛杉矶到伦敦①
你散布对有色人种的歧视。

种族歧视的陆军，
海军也如此——
如果种族歧视是最好的自由
我还能指望你吗？

———————————

① 指位于加拿大安大略省西南部的伦敦市。

我坦白地提出这些问题
因为我要你讲明
我们正在奋斗要创建的
是一个怎样的世界。

如果我们要为明天创建
一个自由的世界，
为什么现在不立即终止
陈旧的悲惨的种族歧视？

（1943）

自　由（1）

自由不会来到
今天，今年
　　永远
不会通过妥协和恐惧来到。

我拥有的权利
和别人同样多
我用自己的双脚
　　站立
在我的国土。

我听腻了人们这样说，
让事情顺其自然。
明天是另一种日子。
等我死了我不需要自由。
我不能靠明天的面包活着。
自由
是颗强壮的种子
种在
强大的需要的土地。
我也在这里生活。
我和你同样
需要自由。

（1943）

自 由（2）

有些人以为
他们焚烧书籍
便焚烧了自由。

有些人以为
他们监禁了尼赫鲁①
就监禁了自由。

有些人以为
他们用私刑处死一个黑人
就处死了自由。

但是自由
站起来，面对他们
大笑
说，

你们永远杀不死我！

（1943）

---

① 贾瓦哈拉尔·尼赫鲁（1889—1964），印度民族独立运动领袖甘地的追
随者和继任者。1942 年 8 月，甘地领导的国大党提出要求英国退出印度的决议
后，甘地、尼赫鲁等人被英国殖民政府逮捕，投入监狱，由此激起了印度全国
范围的前所未有的抗议斗争。尼赫鲁在印度独立后任首任总理，直至去世。

还在这里

我曾被人恐吓、痛打。
风扯散了我的希望。
雪冻僵了我，太阳暴晒了我，
　　　他们似乎齐心合力
　　　要逼我
停止笑，停止爱，停止生活——
　　　但是我不在乎！
　　　我还在这里！

（1943）

我和我的歌

黑
如温柔的夜
黑
如仁慈安静的夜
黑
如深厚肥沃的原野
肉体
来自非洲
壮而黑
如铁
初次冶炼
于非洲
歌
来自非洲
深沉甜美的歌
丰饶
如黑色的原野
壮
如黑铁
仁慈
如黑夜
我的歌
发自非洲
深色的唇
深沉
如丰饶的原野

我和
我的歌
美
如黑夜
壮
如初次冶炼的铁
黑
来自非洲

（1943）

向苏维埃军队致敬

强大的苏维埃军队向西挺进，
红星闪在军帽上，勇气怀在胸中！
强大的苏维埃军队，勇敢健壮的勇士，
在你前进的路上自由是你的口令！
世界上所有穷苦人民的目光，
追随着你为人类再生而进行的伟大战役。
强大的苏维埃军队，同盟，同志，朋友，
我们将与你们并肩前进直至法西斯的末日。

强大的苏维埃军队，捍卫你们的祖国！
你的联盟的大地温暖着人们的希望。
法西斯敌人用铜墙铁壁包围了你，
而你的勇士以工人的脚后跟踏碎了他们。
人民将永远不会让他们重新崛起。
叫法西斯暴君死亡！叫纳粹统治死亡！
强大的苏维埃军队，自由的同盟，
我们将并肩作战直至胜利！
强大的苏维埃军队，现在我们站在一起，
为了人类的事业我们结成同盟！
从我们的国土——向苏维埃军队致敬！

(1944)

太太的经历

我的名字是约翰森——
阿尔伯塔太太。
我是做生意的。
那门道我精着呢。

我做过
一间**发廊**
那还是在
大萧条
大减价以前。

后来我开了个
烧烤摊
我跟个无良的家伙
合伙后就黄了。

因为我有保险
WPA 的人①
说，你那么有钱
我们不能用你。

我说，
别替我担心！
就像歌里唱的，

---

① WPA，见 p. 155 注 ①。

你们 WPA 的人只关心自己——
可我得活下去。

我会做饭，
也干日工！
阿尔伯塔·约翰森——
太太伺候你。

（1944）

汤姆叔叔(1)^①

汤姆叔叔是一个传奇，一个梦。
汤姆叔叔是一声呻吟，一声叫喊。
汤姆叔叔是脊梁上的一记鞭笞。
汤姆叔叔是一个黑皮肤的男人。
　　但是汤姆叔叔
　　属于很久以前。
　　鞭子已经消失
　　奴隶制废除了。
　　汤姆不知道
　　我们现在的自由。
守住你们的自由，他就没有白白地
低头俯首，遭受鞭笞和痛苦。
守住你们的自由，明天将会看到
汤姆叔叔的子孙享受完全的自由！

（1944）

---

①　汤姆叔叔（Uncle Tom），比彻·斯托夫人（Harriet Beecher Stowe，1811—1869）的反奴隶制小说《汤姆叔叔的小屋》中的主人公。这部小说于1852年发表后，激发了1850年代废奴主义的兴起。

胜利日也属于我吗？
（一个黑人战士写给美国的信）

　　　　　　　　　　　　　　　　欧洲，
　　　　　　　　　　　　　第二次世界大战。

亲爱的美国朋友，
我写这封信
希望等这场战争
结束后
时代会好一些。
我是个深肤色的美国佬
开一辆坦克。
我要问，**胜利日**
也属于我吗？

我穿美国军服。
我狠狠揍了敌人，
从缅甸到莱茵，
我把德国人日本人
赶回老家。
在每一条战线，
我把法西斯分子
打败。

我是美国黑人
出国保卫我的国家
陆军，海军，空军——
都有我。

我运送军火弹药，
我打仗——也做装卸。
无论在哪里
我和你们同样面临死亡。

我曾看见我的同伴
躺在他倒下的地方。
我看着他死去
我答应他我会尝试
让我们的国家成为这样一个国家
在那里他的儿子能作一个人——
在我们的土地上
再没有歧视黑人的混蛋。

所以我想要知道：
当我们看到了胜利的曙光，
你们还会让陈旧的种族歧视
来妨碍我吗？
当所有那些怀抱期待的外国人——
意大利人，中国人，丹麦人——解放了。
因为我是黑人
我还会遭受厄运吗？

在这里，在我拥有、我出生的国土，
种族歧视法案还会有效吗？
当我回国
南方各州还会对我动用私刑吗？
你们这些军队里的伙伴
来自工厂和农场，
你们知道了吗，这场战争
是为让我们学习而打的？

当我脱下这身军服，
我会安全不受伤害——
或者你们会对待我
像德国人对待犹太人？
我帮助拯救了这个世界，
我还会是个有色的奴隶吗？
或者胜利将会改变
你们过时的观念？

你们不能说我没有参加战斗
去打击法西斯势力。
你们不能说在每一次战斗中
我没有和你们在一起。
作为士兵，作为朋友。
当这场战争结束，
你们会把我像牲畜一样
圈在种族隔离车里吗？

或者你会站起来
像个男子汉，为了民主
采取你的立场？
这是我要问你们的。
当我们放下枪
去庆祝
我们的胜利日
胜利日也会属于我吗？
这是我要知道的。

正直的，
士兵　乔。

（1944）

郁　闷

真叫人
郁闷
总这么
贫困。

（1944）

一朵玫瑰的瞬间芳华

爱情如露水
凝结在拂晓的紫丁香：
太阳匆匆升起
露水消失。

爱情如星光
闪烁在黎明的天空：
当白昼诞生
星光无影无踪。

爱情如芳香
荡漾在玫瑰花心：
当花儿枯萎，
芳香散尽——

爱情不过如此
一朵玫瑰的瞬间芳华，
不过如此
一朵玫瑰的瞬间芳华。

（1944）

我梦想一个世界

我梦想一个世界
那里的人不会遭到别人蔑视，
那里爱将赐福大地
它的道路充满和平。
我梦想一个世界
那里人人懂得自由的珍贵，
那里贪欲不再腐蚀灵魂
也没有贪婪扼杀我们的生活。
在我梦想的世界
无论你是黑人、白人或别的种族，
都将分享大地的恩赐
人人自由自在，
那里没有悲惨和不幸
欢乐像珍宝，
满足全人类的需要——
这是我的梦想，我的世界！

（1945）

哈莱姆的心

哈莱姆的楼是砖头的石头的
马路又长又宽，
可哈莱姆远远不止是这些，
哈莱姆是它内在的秀色——
它是一首无拘无束的歌，
它是一场你一做再做的梦。
它是一滴破涕为笑的眼泪。
它是你知道的即将喷薄的日出。
它是你两次打了前掌的鞋。
它是你希望健康成长的孩子。
它是整天长时间干活的手。
它是让你活下去的祈祷——
　　　那是哈莱姆的心！

它是乔·路易斯和杜波依斯博士，①
一个码头工人，一个饭店服务员，玛丽安·安德森，
和我。②
　　它是上帝和厄利·海尼斯的音乐，③

---

①　乔·路易斯，见 p. 163 注①。杜波依斯博士（Dr. WEB Du Bois, 1868—1963），美国非裔民权运动领袖、历史学家和作家，曾担任《黑人百科全书》和《非洲大百科全书》主编。

②　玛丽安·安德森（Marian Anderson, 1897—1993），著名非裔女低音歌唱家。

③　厄利·海尼斯（Earl Kenneth Hines, 1903—1983），著名非裔爵士钢琴家。

国会里的亚当·鲍威尔，公共汽车上我们的司机。①
它是多萝西·梅诺，它是比莉·赫罗迪，②
在路南头的勋姆伯格和阿波罗的演讲。③
它是希尔顿主教和大喊的霍妮嬷嬷。
它是新舞蹈的诞生地雷尼和萨沃伊。
它是加拿大·李在第五大道 55 号大楼上的小棚屋。④
它是小人物的天堂和吉米的小酒馆。
它是艾支康姆大街 409 号，一套没热水没电梯的公寓——
可它是我住的地方，我爱的人在那里

  在哈莱姆心脏的深处!

它是骄傲，全美国人都知道。
它是信念，上帝老早就给予了我们。
它是力量，让我们的梦想成真。
它是感情，给你温暖和友善。
它是那个走路摇摆有韵的女孩。
它是我的说话带爵士腔的男孩。
它是肌肉像钢铁的男子汉。
它是争取自由的权利，人民从不屈服。
一个梦……一首歌……打了前掌的鞋……跳舞的鞋
一滴眼泪……一个微笑……布鲁斯……有时候

  布鲁斯

混合着记忆……宽恕……我们的

---

① 亚当·鲍威尔(Adam Clayton Powell,1908—1972)，基督教浸礼会牧师和政治家，曾代表纽约市哈莱姆地区当选为美国国会众议院议员，他是在纽约选出的第一位非裔国会议员。
② 多萝西·梅诺(Dorothy Maynor，1910—1996)，非裔女高音歌唱家，哈莱姆艺术学校的创建人。比莉·赫罗迪(Billie Holiday，1915—1959)，非裔爵士歌手与歌曲写手。
③ 勋姆伯格和阿波罗，均位于哈莱姆，前者为勋姆伯格黑人文化研究中心，后者为剧院。
④ 加拿大·李(Canada Lee，1907—1952)，最早的美国非裔戏剧演员。

错误。
而比那更多的，它是自由——
我们守护它，为了一同来到的孩子们——
　　那是哈莱姆的心！

（1945）

给我们和平

给我们和平，它与战争对等
否则我们的灵魂将不会满意，
我们将怀疑我们作战的目的
为了什么千百万人牺牲。

给我们和平，接受每一个挑战——
来自穷人、黑人、一切受排斥的人们的挑战，
来自广大殖民地世界的挑战
长久以来那里没什么正义可言。

给我们和平，使我们变得强壮。
给我们和平，使我们变得聪明。
给我们和平，使我们继续伸张正义
我们反对谬误的战斗要贯穿着和平。

给我们和平，它不会被廉价地使用，
这和平不是狡猾的伎俩，
人们会热衷于人民的和平，
和平会实现我们的梦想。

给我们和平，它将造就伟大的学校——
如同战争产生了伟大的军队，
和平将消除我们的贫民窟——
如同战争将有邪恶嗜好的敌人消灭。

给我们和平，它将征募

一支强大的军队为人类的善意服务，
它不仅是一支能够杀敌的军队，
而要训练它为人民的生活提供帮助。

训练出一支军队以塑造我们的普遍良知，
赋予这个世界以兄弟的情谊。

（1945）

昨天和今天

啊，我希望昨天，
昨天就是今天！
昨天你在这里。
今天你不在我身边。

我想你，露露，
我想你想得好苦——
我没有办法
把你从我心里赶出。

昨天我真幸福。
我想你也幸福。
我不知道你今天的感觉——
可是，宝贝儿，我感觉好苦。

（1947）

圆　圈

圆圈旋转
圆圈旋转
和自己的尾巴汇合。

季节来临，季节离去，
岁月建造它们的栅栏
直到我们进入牢房。

像只笼子里的松鼠——
因为牢房是个圆球——
我们有时发现
自己脑袋朝下。

（1947）

满　足

意味深长的大地
如同意味深长的天空
满足了。

我们起来
走向河，
触摸银色河水，
在阳光里
欢笑，沐浴。

白昼
成为一个明亮的光球
供我们玩耍，
黄昏
一挂黄色的帘幕，
夜
一幅天鹅绒帐幔。

月亮，
像位老祖母，
以吻祝福我们
睡眠
在欢笑中
接纳我们二人。

（1947）

卡罗来纳小木屋

森林中
围绕这间小木屋
有悬垂的苔藓
有神圣
高大笔直的松树。

屋里
火焰噼啪响，
红酒暖人心，
有青春、生命
和欢笑
真好。

屋外
世界一片阴沉，
冬天的风寒冷，
一个迷途的诗人
必须沿着这条路
游荡。

而在这里有安宁
和欢笑
讲着古老的爱情故事——
两个人
一个家。

（1947）

小 号 手

黑人
嘴唇贴着小号
眼下垂着
疲惫的眼袋
那里积郁着
奴隶船的记忆
皮鞭抽在腿上
火辣辣。

黑人
嘴唇贴着小号
一头颤动的头发
驯服地垂下，
这会儿它像层漆皮
等它闪闪发光
就像黑玉——
一顶黑玉的王冠。

音乐
从他唇上的小号迸出
甜蜜
混合着易变的热情，
节奏
从他唇上的小号发出
叫人痴迷
升华自古老的欲望——

欲望
向往月亮
在他眼里月光
只是聚光灯，
欲望
向往海洋
在酒吧里海洋
只是一杯酒。

黑人
嘴唇贴着小号
他的夹克
有漂亮的单纽扣翻领，
他不知道
小号吹出的哪个重复乐章
像针头
刺痛他的灵魂——

然而当乐曲
轻轻涌出他的喉咙
烦恼
化为了金色的音符。

（1947）

哈莱姆舞厅

这之前它没什么神奇。
可当乐队开始演奏，
突然间大地出现在那里，
　　有花，
　　有树，
　　有风，
地板像一片波浪——
这之前它没什么神奇！

（1947）

当军队走过

妈妈，我在雪地上
找到这顶士兵的帽子。
上面有一颗红星。
你知道，它是谁的?
　　儿子，我不知道
　　这是谁的帽子，
　　有泥有水
　　全弄脏了。
可是它上面有颗红星!
　　你肯定
　　那不是血?
我以为我看见了红星，母亲，
撒在整片雪地上。
可如果那是血，母亲——
那是谁的?
　　儿子，我不知道。
　　那可能是
　　你父亲的血，
　　可能是
　　你兄弟的血。
看! 当你把泥擦掉，
它是一颗红星，母亲!

　　　　　　　　　　　（1947）

我们都在电话簿里

从世界各地来的人们——
从安德森到扎勃斯基,
我们都在电话簿里,
它是美国价值的记录。

我们都在电话簿里。
谁也没有优先权——
百万富翁如洛克菲勒
也许排在我的后面。

人们世世代代梦想
世界各国联合为一个。
只要看看你的电话簿
那是梦开始的地方。

当华盛顿渡过特拉华河
暴君的支柱动摇了,①
他开启了民主的花名册
那是美国的电话簿。

(1947)

---

① 特拉华河位于特拉华州与新泽西州之间。在美国独立战争期间,1776
年 12 月 25 日晚,华盛顿将军率领不足三千人的军队,渡河突袭了英国兵营,
这次胜利扭转了殖民地阵营的颓势。

财　富

从基督到甘地
表明了这个真理——
阿西西的圣弗朗西斯①
也证明：
善良化为伟大
超越了帝王的权力。
仁慈的光环
比黄金的王冠
更加明亮，
爱的
纯洁的露珠
比华丽的钻石
闪耀得
更加明亮。

（1948）

---

①　阿西西的圣弗朗西斯(St. Francis of Assisi，1182—1226)，天主教方济各会和方济各女修会的创始人。

从塞尔玛开始

在像亚拉巴马的塞尔玛
那样的地方，
孩子们说，
　　　在像芝加哥、纽约
　　　那样的地方……
在像芝加哥、纽约
那样的地方
孩子们说，
　　　在像伦敦、巴黎
　　　那样的地方……
在像伦敦、巴黎
那样的地方
孩子们说，
　　　在像芝加哥、纽约
　　　那样的地方……

（1948）

252

七 支 歌
——为解放日写的诗①

七个字母，
七支歌。
那七个字母
F—R—E—E—D—O—M
拼写为自由。
那七支歌
抓住了美国黑人历史的
片段。

七支歌，
七个名字：

　　　卡德乔

　　　索卓娜·特鲁斯

　　　哈丽特·图波曼

　　　弗里德里克·道格拉斯

　　　布克·华盛顿

　　　卡弗博士

　　　杰基

七个男人和女人

从无记录的奴隶到有记录的自由人：

　　为了解放日

---

　　①　解放日，指 1862 年 4 月 16 日，亚伯拉罕·林肯总统签署了《解放黑人奴隶宣言》；现在美国很多州将解放日定为法定节日。

七支歌，
七个人，
七个字母
拼写出自由。

给个奴隶得起个好记的名字
所以他们叫他卡德乔。
在解放日来到之前
有过四百万个卡德乔。

当个奴隶意味什么？
你不能给你的儿子选择名字，
也不能给你的儿子选择父亲或母亲，
也不能给你的儿子选择家、工作或生活方式，
（确实你连你自己的都没法选择）
也不能选择要或不要一个儿子。
生命的一部分或整个自己
都不属于奴隶卡德乔。

对于奴隶卡德乔
属于他的只有一个梦。
七个字母拼出的梦：
F—R—E—E—D—O—M
自由。
可是在甘蔗地，在稻田，
在棉花奴隶种植园，
在被禁锢的心中的深深黑暗里
有时自由看起来如此遥远，
比最远的星星还要远，
那么远，那么远——
只有在约旦河那边才有一个梦

叫作自由。

卡德乔的歌是：

> 深深的河，
> 我的家在约旦河那边。
> 深深的河，主啊，
> 我要渡河去那宿营地。
> 哦，难道你不愿去那福音的筵席？
> 那应许之地充满安宁……
> 深深的河，主啊，
> 我要渡河去那宿营地。①

死亡是一条深深的河，
自由只在约旦河那边。
啊，黑夜！啊，月亮！啊，星星！
啊，星星指引孤独的航船
渡过黑黯的大海，
星星，你为我指引！

星星！星星！星星！
北极星！北方。②
我喘不过气来
我害怕那颗星星
那个字眼：
星星——解放——自由——北极星！
引我去那颗星星的路在哪里？

---

① 《深深的河》，一首著名的美国非裔灵歌。约旦河，根据《圣经》，施洗约翰曾在这条河中为人洗去罪恶，耶稣也曾在这里受洗，因此基督徒们把约旦河奉为圣河。

② 在 1862 年林肯总统签署《解放黑人奴隶宣言》之前，美国北方的大部分州或地区即已废除了奴隶制，成为南方黑人奴隶向往和逃亡的去处。

啊，哈！那条路？
狗守护那条路，
巡逻守护那条路，
戴着口套的警犬
守护那条路！
枪，鞭子和绞索
守护那条路！

自由不是一个字眼：
自由是要跨过黑黯的沼泽地，
是要藐视死亡，
是要抛弃恐惧，
自由是一支悄声哼唱的歌，
当它高声唱起来：

　　啊，自由！
　　给我自由！
　　在我作奴隶之前，
　　愿我埋进坟墓
　　回家见我的主
　　得到自由！①

哈丽特·图波曼——奴隶。②
她想要自由。
她听到了那七个字母的词。

---

① 这是非裔歌曲《啊，自由》的第一段歌词。这首歌出现于内战后，在民权运动中人们经常歌唱。
② 哈丽特·图波曼（Harriet Tubman，1822—1913），黑人废奴主义者。她出生于马里兰州，作为奴隶，她逃到了费城；而后她十三次返回故乡，使用当时反奴隶制活动分子建立的称为"地下铁路"的秘密网络，带领约70名奴隶逃到了北方。

她不认得字，
也不会拼写那个词，
可是她在来自北方的风里
嗅到了尝到了那个字眼，
听到了那个字眼，
她在一颗星星里看见了自由。

> 在我作奴隶之前，
> 愿我埋进坟墓
> 回家见我的主
> 得到自由！

索卓娜·特鲁斯——奴隶。[1]
她想要自由。
她的儿女被卖出去了，
她仍然想要自由。
她说：
> 我仰望星星，
> 我的孩子们仰望星星。
> 他们不知道我在哪里
> 我不知道他们在哪里。
> 上帝说，索卓娜，去争取自由！
去争取自由！自由！自由！自由！

> 在我作奴隶之前，
> 愿我埋进坟墓……

---

[1] 索卓娜·特鲁斯(Sojourner Truth，1797—1883)，生为奴隶，出逃后获得自由。1828 年，她通过法庭向白人奴隶主索回了自己的儿子，这是美国司法历史上第一个非裔妇女胜诉白人的案例。

在解放日之前数千的奴隶
开创了他们的自由之路——
走过沼泽和荆棘，越过田野和山丘，
在夜的黑黯里，指引他们的是祈祷，是那颗星星，
是人类的意志，它使人们热爱
那个字眼——自由。
深深的河不在约旦，而在俄亥俄，
家不是天堂，而是北方。
北方！北极星！北方！

弗里德里克·道格拉斯把他的报纸命名为①
《北极星》。

道格拉斯开创了他的自由之路。
索卓娜·特鲁斯开创了她的自由之路。
哈丽特·图波曼开创了她的自由之路；
然后她回到奴隶制的领地，
一次，一次，又一次地回去，
每一次她带出一群奴隶
获得自由
（他们曾经是奴隶，现在不再是奴隶！）
在内战之前，
很早于 1861 年之前，
在解放日之前，
自由就已经开始了！

  去吧，摩西，
  去到埃及的土地
  告诉法老王

---

① 弗里德里克·道格拉斯，见 p. 199 注①。

让我的子民走！①

伟大的美国人士相信人皆为自由，
惠蒂尔，加里森，洛弗乔伊，罗威尔——②
与曾经的奴隶，
与道格拉斯，哈丽特，索卓娜，
携起手来争取自由。
数千的白人，虽然不这么著名——
不怕被捕，嘲笑，迫害，
相信黑人应该获得自由：
建起了很多
通往自由的地下铁路客站——
《北极星》找到了一百万朋友。
那时一本书诞生了，《汤姆叔叔的小屋》。
一种精神诞生了，约翰·布朗。
一支歌诞生了：

　　我的眼看见了主来临的荣光：
　　他踩踏出愤怒的葡萄郁积的酒；
　　他可怕的利剑放射出致命的闪电……③

一场战争爆发了：

　　约翰·布朗的遗体
　　在坟墓里腐朽——

---

① 这是非裔灵歌《去吧，摩西》的副歌歌词。
② 惠蒂尔（John Greenleaf Whittier），加里森（William Garrison），洛弗乔伊（Elijah Lovejoy），罗威尔（James Russell Lowell），均为北方著名的白人废奴主义者。
③ 出自内战时期的北方军营歌曲《共和国战斗颂歌》，歌词为白人废奴主义者、女诗人茱莉亚·沃德·豪（Julia Ward Howe）的一首诗。

259

但是他的灵魂还在闯荡！①

一个声音拨正全国：

对任何人不怀恶意，
对一切人心存仁爱……②

林肯……

在海那边耶稣诞生在美丽的百合花中，

亚伯拉罕……

他胸中的荣光改变了你和我；

林肯……

如他为人类的神圣而死，让我们为人类的自由而死，

亚伯拉罕……

上帝在前行。③

林肯……

把自由给予奴隶，
我们才能确定自由之为自由……④

---

① 出自内战时期的北方军营歌曲《约翰·布朗》。
② 出自亚伯拉罕·林肯总统于1865年3月4日发表的第二次就职演说。
③ "在海那边……上帝在前行。"为《共和国战斗颂歌》的一段歌词。
④ 出自林肯总统于1862年致美国国会的年度报告。

亚伯拉罕……

没有人优秀到足以不经他人的同意
而去支配他人，①

林肯……

我颁布命令……从今往后并永远自由。

可是地还要种，
甘蔗还要砍，
棉花还要摘，
老骡子还要有只手牵着犁田：

棉花要人摘
好苦，好苦，好苦！
棉花要人摘，好苦！
一点一点摘完这块田！

大河里船上有支歌：

滚那个棉花包，小子！
滚那个棉花包……

逆流而上开到孟菲斯，开罗，圣路易斯，②

---

① 出自林肯于 1854 年 10 月 16 日在伊利诺斯州的佩奥里亚发表的反奴隶制演说。
② 孟菲斯、开罗，在此均为位于美国的城市。

干活唱歌，干活唱歌——搬运工，铸造工，
砌砖工，建筑工，制造工，护路工，铁路巡道工：

> 在这山里
> 没有谁的榔头
> 敲得有我的响，伙计们，
> 敲得有我的响！

自由是个了不起的字眼，
可不是个轻松的字眼。
你们必须努力把握住自由。
正像有人说过，
也许你们每一代人不得不重新赢得它。
自由没有肤色的界限。
但不是所有的"自由"都是自由。
那是漫长的一步，从奴隶卡德乔，
奴隶哈丽特·图波曼，
奴隶索卓娜·特鲁斯，
奴隶弗里德里克·道格拉斯，
他们被迫逃往自由——
那是漫长的一步，成为布克·华盛顿
建立塔斯克基学院，①
成为杜波依斯博士，为美国创建一种文化。②
那是漫长的一步，从奴隶卡德乔
锄棉花——
到乔治·华盛顿·卡弗——过去的奴隶③

----

① 布克·华盛顿，见 p.93 注①。
② 杜波依斯博士，见 p.237 注①。
③ 乔治·华盛顿·卡弗(George Washington Carver, 1864—1943)，美国非裔农业科学家和教育家。

将他在农业化学的发现贡献给世界。
那是很长的一首歌，从：

> 在我作奴隶之前，
> 愿我埋进坟墓……

到多萝西·梅诺唱："天亮以后。"①
那是漫长的一步，从奴隶卡德乔
到杰克·罗宾逊打本垒。②

可是对有些人自由还仅仅是
一个词的一部分：
缺失了几个字母。
可是一个词便足以
抓住和带来希望，
一个词便足以
成为一颗全人类的星星——
不再仅仅是一颗北极星：

从今往后并永远——自由！

> 啊，自由！
> 给我自由！
> 在我作奴隶之前
> 愿我埋进坟墓

---

① 多萝西·梅诺，见 p. 238 注②。
② 杰基·罗宾逊即杰克·罗宾逊（Jack Robinson，1919—1972），第一位
在美国职业棒球联盟打球的非裔运动员。

回家见我的主
得到自由!

（1949）

第二代： 纽约

妈妈
记得四片叶子的三叶草
还有爱尔兰明亮蔚蓝的天空。

我
记得东河的公园路
还有旁边驶过的拖船。

我
记得第三大道
高架火车跑在头顶，
我们的一个窗台上
天竺葵开满红花。

妈妈
记得爱尔兰。
我的记忆全在这里——
特亲！

爸爸
记得波兰，
冬天的雪橇，
大雪覆盖的高大杉树，
人人脸上结满白霜。

爸爸

记得大屠杀①
和犹太区的悲惨日子。
我记得职业高中，
公园音乐会，
剧院协会的演出。

爸爸
记得波兰。
我的记忆全在这里——
　　　这家，
　　　这街道，
　　　这城市——
特亲！

（1949）

────────────

① 指沙皇俄国时代对居住在波兰的犹太人的大屠杀。

活着真好

我走向河边，
我坐在河岸。
我没法好好思考，
我就往河里跳。

我浮上来一次大喊！
我浮上来两次大叫！
要是河水没那么冷，
我会沉下死掉。

　　可偏偏
　　水那么冷！
　　那么冷！

我走进电梯
上了十六层楼。
我想起我的小妞，
我寻思着往下跳。

我站在那里大喊！
我站在那里大叫！
要是楼没那么高
我会跳下去死掉。

　　可偏偏
　　楼那么高！

267

那么高！

所以我还在这儿活着，
我想我会活下去。
我可能早为爱情死了——
可我生来是为了活着。

你可能听见我大喊，
你可能看见我大叫——
我要拼死活下去，宝贝，
你休想看我死掉。

活着真好！
美得像酒！
活着真好！

（1949）

甜 妹 儿

甜妹儿，
你的辫子编得太紧——
可善良的主知道
你的心特好。

我跟你要过一块钱。
你给了我两块。
甜妹儿，
你这点真招我爱。

夜里两三点
我敲你的门。
你从床上跳起来，
说，我知道准是他！

在这个大大的天底下
有好多好多别的女人——
可是没有一个
像我的小小姑娘。

（1949）

269

林肯剧院①

林肯的头颅从墙上俯视
银幕上影片再现戏剧性事件。
林肯的头颅安详地高耸
在一群粗陋平凡的黑人之上。
影片结束了。灯光欢快闪动。
乐队在乐池里狂奏起爵士。
人群为一个丰满的棕皮肤女人喝彩，
她的头发漂得金黄，唱着女人的苦恼。
她打着响指，慢摇肥臀，
涂红的嘴唇满不在意地吼！

    我爱的男人

    走了，对不起我……

那些白天给有钱的白人洗衣的女孩
和为钱提供爱情的头发溜光的男孩
手握在一起，给她的歌起哄。

（1949）

---

① 在美国，除华盛顿特区外，多地都有林肯剧院。此诗所指不详。

270

单　程　票

我捡起我这条命
带着它
我把它搁在
芝加哥，底特律，
布法罗，斯克兰顿，
任何地方只要
在北方，在东部——
不在南方。

我捡起我这条命
带着它上火车
去洛杉矶，贝克斯菲尔德，
西雅图，奥克兰，盐湖城，
任何地方只要
在北方，在西部——
不在南方。

我受够了
种族歧视法律，
那些人又残酷
又恐惧，
他们动私刑压榨人
他们害怕我
害怕他们中的我。

我捡起我这条命

带它离开
走上单程路——
上北方，
去西部，
走！

（1949）

酒吧：北方城市

大街上有间酒吧
黑小子们天天夜里又弹又唱又跳
直到星星褪色天空变蓝
早晨降临大街一切苍白。
他们卖泡沫啤酒用傻大的杯子，
用一指高的玻璃杯卖杜松子。
街上的女人去舞厅前
会停下来喝口威士忌。
有时候一个黑小子弹首老歌
那是在遥远的叫人昏睡的南方
在太阳底下唱的歌
那时还没有发生大逃亡①

  它把这些黑面孔
  活蹦欢跳的脚
  带进了这城市
  大街上的酒吧。

弹起你们的吉他，呲牙笑的黑小子，
让你们的歌声飘过旋转门。
让你们的歌声承载所有阳光的欢乐
鞭策乌黑的脚在光地板上跳。
让那些嘴唇涂得太红的女人
从吧台掉过脸加入你们的歌，

---

  ① 大逃亡，指 1862 年林肯总统颁布《解放黑人奴隶宣言》前后，大量黑
奴从南方蓄奴州秘密逃往北方。

晃动她们的裙子，扬起挺直的头
唱一唱亏待了她们的男人——
布鲁斯醇得像南方的风
疲惫得像南方昏沉的雨
唱出没有年代、长如年代的古老绝望
它填满一个女人没有年代、长如年代的痛苦——
　　　　像弹吉他的小伙子
　　　　摇摇晃晃
　　　　忘了他还唱过
　　　　一首快活的歌。

啊，在城市大街上的这间酒吧
黑种男人来喝来玩来唱，
女人也来，她们任谁都可以相会
轻松地把玩像个买来的物件，
两个棕皮肤老头站在吧台后——
打烊了还在倾倒违法的饮料——
黑人舞者跳舞，做梦的人寻找星星
有人忘记了欢笑，他们还是孩子。
一个正弹吉他的小伙子
他又乏又瘦猛地记起了阳光灿烂的南方
他拨出一个曲调，欢乐明亮痛快
想要避开他嘴里嚼着的苦涩，
　　　　然后昏沉得像雨
　　　　脚乌黑柔软悲伤
　　　　在这酒吧跳着舞
　　　　在城市的大街上。

（1928；1949 修订）

警　告

黑人，
温和又温顺，
谦卑又善良：
当心那一天
他们会改变思想！

风
吹过棉花地，
轻柔和煦：
当心那个时辰
它会连根拔起大树！

（1949）

275

岛　（1）

悲伤的波浪，
不要淹没我：

我看见了岛
还在前方。

我看见了岛
沙滩很漂亮：

悲伤的波浪，
带我去那里。

（1950）

公园里的孩子

小小的疑问孤孤单单
标在公园的长椅上：

看见路过的人吗？
看见天上的飞机吗？
看见天黑前
鸟儿
飞向
家吗？

家就在
那儿
那个拐角——
可真的哪儿
都不在。

（1950）

1951—1960

我们时代的序曲
——黑人史诗①

历史是漫长的一页
它全部浩大的记录
是我们时代的序曲。

纵贯那些记录时光的
篇章
无数双手
投下了影子，
其中有我的：
  黑人。

最初仅仅是
游吟诗人或酋长的口述文字，
擂打的鼓
载着瞬间的历史
跨越黑夜，
或连接起人与视线之外的
神秘的权力。
岩石上的画，象形文字，
羊皮纸，带装饰的卷轴。

  荷马的

　　　　"无可挑剔的埃塞俄比亚人。"①

　　在所有这些卷宗上，
　　有我的手的影子，标记着人：
　　　　黑人。

　　伊索，安塔，泰伦提乌斯，②
　　形形色色的法老王，
　　也有示巴女王。
　　埃塞俄比亚，加纳，桑海。③
　　阿拉伯人和非洲人；摩尔人④
　　把她的响板给了西班牙
　　把她的祈祷仪式给了塞内加尔。

　　这都发生在活字印刷之前
　　其中有胡安·拉蒂诺的发言：⑤
　　"战无不胜的君王，与天主同辉"——
　　我的手的影子
　　跨越了印刷的文字：
　　　　格拉纳达，1573。

---

　　① 在荷马史诗时代（公元前 800 年左右），希腊人相信埃塞俄比亚人是最尊崇神的民族。

　　② 安塔（Antar，即 Antarah ibn Shaddad，525—608），埃及骑士与诗人，他以《一千零一夜》的风格进行写作。泰伦提乌斯（Terence，即 Publius Terentius Afer），公元前 2 世纪的古罗马喜剧作家，出生于北非。

　　③ 桑海（Songhay），15 世纪后半叶兴起于非洲西部的国家，一度控制着撒哈拉等地区。埃塞俄比亚、加纳与桑海是欧洲人殖民非洲前在北非以外的三个最重要的非洲文明。

　　④ 摩尔人，现主要居住于摩洛哥等北非国家，皮肤为棕色，信仰伊斯兰教。在公元 8 世纪至 14 世纪，摩尔人曾征服并统治伊比利亚半岛（今西班牙和葡萄牙）。

　　⑤ 胡安·拉蒂诺（Juan Latino，1516—1597），出生于西班牙城市格拉纳达的黑人诗人，并在格拉纳达大学任教授。他曾在 1573 年写诗颂扬西班牙国王菲利普五世战胜土耳其军队后胜利归来；下面的一行引诗为西班牙文。

约鲁巴人，贝宁，几内亚，①
廷巴克图和阿卜杜拉曼·萨蒂的
《苏丹史》。②

同时，詹姆斯敦连接起
黄金海岸和我们的国土。③
　　詹姆斯敦，弗吉尼亚，1619。

后来伊丽莎白女王死了。
后来登上王位的
是詹姆斯国王，他的《圣经》属于我们。④
如同萨蒂的伟大的编年史
　　《苏丹史》，
将非洲作为链条的一环连接了我们的国土。
我的手，套在了那些链条里：
　　黑人。

波士顿的菲利斯·惠特利，一个奴隶，写下了她的诗，
受到华盛顿将军的称赞——⑤
华盛顿纠正了错误——
而我们那些没有权利的人

---

① 约鲁巴人，居住于非洲尼日利亚西部和贝宁境内的一个民族。
② 廷巴克图，位于马里北部的城市，11 世纪前后为穆斯林学术中心。阿卜杜拉曼·萨蒂（Abderrahman Sadi），17 世纪的非洲历史学家，他的著作《苏丹史》叙述了桑海帝国的历史。
③ 詹姆斯敦，为弗吉尼亚州的海港城市，1619 年运自非洲的第一批黑奴在此登岸。黄金海岸即西非。
④ 伊丽莎白女王即伊丽莎白一世，1558—1603 年在位期间，英国建立了世界最强大的海军舰队，在北美大陆建立了殖民地。詹姆斯国王即詹姆斯一世，1603—1625 年在位，曾钦定英译本《圣经》，成为英语世界新教教徒的读本。
⑤ 菲利斯·惠特利（Phillis Wheatley，1753—1784），第一个出版书籍的非裔诗人；1775 年，她将自己写的关于乔治·华盛顿的诗送给他，华盛顿邀请她访问了他在波士顿郊外的司令部。

创作了没有写下的歌：

　　去吧，摩西，
　　去到埃及的土地
　　告诉法老王
　　让我的子民走……

黑人克里斯普斯·阿塔克斯死了
我们的国土获得解放。
　　他的死
　　却没有解放我。
当班奈克编写了他的历书①
　　我没得解放。
当图塞因特解放了海地的黑人，②
　　我没得解放。

大仲马和普希金在别的国家写作——③
　　而我们，
　　我们不能写，只作了歌：

　　可爱的马车轻声摇晃，
　　来把我带回故乡……
　　哦，我望见了约旦
　　我看到了故乡——

---

　　① 班奈克(Benjamin Banneker，1731—1806)，是第一位出版科学著作的非裔人士，曾编写《农夫历书》。
　　② 图塞因特(Toussaint Louverture，1743—1803)，1791年海地黑奴起义的黑人领袖，起义成功后废除了奴隶制。
　　③ 大仲马(Alexandre Dumas，1802—1870)和普希金(Alexander Pushkin，1799—1857)，分别为法国和俄国作家，均具有部分非洲血统。

菲利斯，克里斯普斯，图塞因特，
班奈克，大仲马，普希金，
他们全都是我——
　　没有自由：

　　　只要有一人
　　　戴着锁链，
　　　则无人自由。

艾拉·奥尔德里奇在伦敦演莎士比亚。①
弗里德里克·道格拉斯逃跑奔向自由，
他写书，演说，编辑《北极星》。
索卓娜·特鲁斯也发表演说。
哈丽特·图波曼带领她的队伍。②
《汤姆叔叔的小屋》席卷全国——
而我们，没有解放又不能写字，
我们把一首歌献给自由，全世界都倾听：

　　　啊，自由！
　　　给我自由！
　　　在我作奴隶之前，
　　　愿我埋进坟墓
　　　回家见我的主
　　　得到自由。

　　奈特·透纳，丹麦·维西③

---

　　① 艾拉·奥尔德里奇(Ira Aldridge, 1805—1867)，非裔美国人后裔，在英国和欧洲作为莎士比亚戏剧演员，获得很高声誉。
　　② 关于弗里德里克·道格拉斯，索卓娜·特鲁斯，哈丽特·图波曼，以及下文中的约翰·布朗，布克·华盛顿，卡弗博士，参阅《七支歌》注释p.253—p.264。
　　③ 奈特·透纳(Nat Turner)，于1831年8月领导了在弗吉尼亚州南汉普敦县的奴隶起义，但很快被镇压；这次起义造成了55—65名白人和100—200名黑人死亡。丹麦·维西(Denmark Vesey)，于1822年在南卡罗来纳州被指控发动奴隶起义而被绞死。

284

和数千无名的人回家了。

黑人和约翰·布朗死在哈普斯渡口。

洛弗乔伊，加里森，温德尔·菲利普斯宣讲过。①

《北极星》引导人们沿着地下铁路

跨过山岭，渡过河流，进入加拿大。

布道，起义，祈祷，内战——

　　　　我的眼看见了
　　　　主来临的荣光！

　　　　林肯：
　　　　1863。

过去的奴隶——

"从今往后并永远自由。"

　　　　我的主，多美的早晨，
　　　　我的主，多美的早晨，
　　　　我的主，多美的早晨，
　　　　星星开始落下了！

布克·华盛顿——

建立了塔斯克基学院。

保罗·劳伦斯·邓巴——

一首诗，一支歌，《林迪·娄》。②

菲斯科大学和它的朱比利。③

---

① 洛弗乔伊，加里森，温德尔·菲利普斯（Wendell Phillips），均为北方著名的白人废奴运动领导人。

② 保罗·劳伦斯·邓巴（Paul Laurence Dunbar，1872—1906），诗人、小说作家，使用非裔方言和标准英语写作。《林迪·娄》为一首以邓巴的诗为歌词谱写的歌曲。

③ 菲斯科大学，1866 年建于田纳西州纳什维尔的非裔大学。朱比利合唱团由该大学音乐学院师生组建，主要演唱黑人灵歌，曾进行世界巡演以为大学集资。

重建时期的黑人国会议员。①

具有黑人音乐风格的喜剧，

然后威廉姆斯和沃克，《在达荷美》，《班达纳国》②

拉格泰姆奠定了一个国家歌曲的模式③

汉迪写了布鲁斯④

　　为我——

　　现在自由了。

自由地建立我的教堂我的学校——

　　玛丽·麦克里奥德·白求恩。⑤

自由地开发泥土和红薯——

　　卡弗博士。

自由地把我们的歌唱遍世界——

　　安德森，梅诺，罗伯逊，

　　约瑟芬·贝克，弗洛伦斯·米尔斯，⑥

自由地坐在国家议院里——

　　约翰森，哈斯提，多森，鲍威尔。⑦

---

①　重建时期指 1865 年美国内战结束后，原曾宣布退出联邦的南方各州重新加入联邦。

②　威廉姆斯（Bert Williams）和沃克（George Nash Walker），著名喜剧演员，《在达荷美》和《班达纳国》是他们常演的剧目。

③　拉格泰姆，一种源于美国黑人乐队的早期爵士音乐。

④　汉迪（W. C. Handy，1873—1958），音乐家和作曲家，被认为是“布鲁斯之父”，他最著名的作品为《圣路易斯布鲁斯》。

⑤　玛丽·麦克里奥德·白求恩（Mary McLeod Bethune），于 1906 年创建白求恩厨师学院。

⑥　玛丽安·安德森，多萝西·梅诺，见 p. 237 注②与 p. 238 注②。保罗·罗伯逊（Paul Robeson，1898—1976），男低音歌唱家。约瑟芬·贝克（Josephine Baker，1906—1975），曾为巴黎城市夜总会皇后。弗洛伦斯·米尔斯（Florence Mills，1896—1927），夜总会歌手、舞者和喜剧演员。

⑦　查尔斯·约翰森（Charles Johnson，1893—1956），社会学学者，曾担任菲斯科大学校长，并在田纳西州地方政府担任多项公职。威廉姆·哈斯提（William Hastie，1904—1976），美国联邦法院的首位非裔法官。威廉姆·多森（William Dawson，1886—1970），从芝加哥选出的美国国会众议院议员。亚当·鲍威尔（Adam Clayton Powell，1908—1972），曾代表纽约市哈莱姆地区当选为美国众议院议员。

自由地制造血浆——
　　　　查尔斯·朱。①
自由如愿地加入大迁徙②
从南方到北方跨越全国——
从萨凡纳到糖山，
从拉姆帕特街到天堂谷，
从雅玛克洛到耶鲁。③
在战争中和别人一样自由参战——
　　　　自由——但被隔离。

　　作为人或士兵
　　受到轻视。

在圣胡安山的第 10 骑兵团：
　　西奥多·罗斯福写道，④
　　"我听见一个骑兵说，
　　'他们能喝光我们的酒水。'"

在香槟的第 369 步兵团：
　　亨利·约翰逊
　　尼达姆·罗伯茨，

---

① 查尔斯·朱(Charles Richard Drew，1904—1950)，外科医生，从事输血研究，改进了血液保存技术，使大型血库得以建立，在第二次世界大战中挽救了无数盟军士兵。

② 大迁徙(The Great Migration)，从 1910 年开始，原居住在美国南方十四州的非裔农业人口大规模地迁往东北部、中部和西部城市，至 1970 年其数量达600 万。

③ 萨凡纳和雅玛克洛位于佐治亚州；糖山位于哈莱姆；拉姆帕特街位于路易斯安那州的新奥尔良；天堂谷，在美国东北部和西部有多处同此名称的地方。

④ 圣胡安山位于古巴，在 1898 年 7 月美国与西班牙战争期间，在此进行了决定性的战役。其中西奥多·罗斯福(Theodore Roosevelt，1858—1919)指挥的第 10 骑兵团战绩卓著，该团有许多非裔士兵；罗斯福后来当选为美国总统(1901—1909)。

被授予战争十字勋章。①

在地中海的第 332 空军中队：

　　超过八十名飞行员

　　被授予杰出飞行十字勋章。②

在太平洋海军十字勋章授了多黎·米勒。

　　我，英雄和杀手。

　　（还是被隔离。）

　　我，也是和平的缔造者——

　　拉尔夫·本奇

　　斡旋于阿拉伯人

　　和犹太人之间。③

杜波依斯，伍德森，约翰逊，弗拉基尔，④

罗伯特·阿伯特，托马斯·弗琛，⑤

《非裔美国人》，《黑人新闻电讯》。⑥

文字的记录在与时增长——

---

　　① 第 369 步兵团，美国第一个非裔军团，曾作为美国远征军的一部分赴欧洲参加了第一次世界大战；亨利·约翰逊和尼达姆·罗伯茨是该团著名的战斗英雄。香槟，法国地名。

　　② 第 332 空军中队，飞行员全部为非裔，曾参加第二次世界大战。

　　③ 拉尔夫·本奇（Ralph Johnson Bunche，1903 或 1904—1971），曾任教于哈佛大学的政治学学者与外交家，曾参与联合国的建立和管理。 在英国于 1948 年退出巴勒斯坦后，他成功化解了阿拉伯人和以色列人之间的敌对状态，被授予 1950 年诺贝尔和平奖，这是该奖项首次授予非裔人士。

　　④ 杜波依斯，见 p. 237 注①。伍德森（Carter Woodson，1875—1950），最早研究非裔美国人历史的学者之一。约翰逊（James Weldon Johnson，1871—1938），作家、教育家、外交家，曾担任全国有色人种协进会（NAACP）领导人。弗拉基尔（Franklin Frazier，1894—1962），社会学家，教授，曾出版《美国黑人家庭》与《黑人资产阶级》。

　　⑤ 罗伯特·阿伯特（Robert Abbott，1870—1940），律师，报纸出版人和编辑，曾创办《芝加哥保卫者》周报。托马斯·弗琛（Thomas Fortune，1856—1936），著名记者，于 1898 年发起成立全国非裔美国人报业联合会。

　　⑥ 《非裔美国人》和《黑人新闻电讯》，分别立足于巴尔的摩和辛辛那提，是 20 世纪影响较大的非裔报纸。

《危机》，《民族》，《机会》，①
勋姆伯格，麦凯，卡伦，《土生子》，②
举世皆知的报纸，小说，诗歌——
在永远前进的人类历史
投下了我的手的影子：

　　　　黑人。

其他人的手与我的相握
也在讲述我们的故事：
帕克，迈德尔，辛克莱尔·路易斯，
史密斯，凡·维克腾，布克林·穆恩。③
调查，小说，电影，戏剧
追踪了由民主和我
构成的谜团：

　　　　我现在自由了。

与此同时
我的投票有越来越大的权力
帮助建立民主——
我的投票，我的劳动，联谊会，俱乐部，
我的 NAACP——

　　　　全国

---

① 《危机》，《民族》，《机会》，均为著名的非裔杂志。
② 勋姆伯格（Arthur Schomburg, 1874—1938），作家与历史学家，在 1911年于哈莱姆创建勋姆伯格黑人文化研究中心。麦凯（Claude McKay, 1889—1948）和卡伦（Countee Cullen, 1903—1946），均为哈莱姆文艺复兴的主要作家与诗人。《土生子》（*Native Son*）为理查德·莱特（Richard Wright, 1908—1960）的小说，出版于 1940 年。
③ 帕克（Robert Ezra Park），迈德尔（Gunnar Myrdal），辛克莱尔·路易斯（Sinclair Lewis），史密斯（Lillian Smith），凡·维克腾（Van Vechten），布克林·穆恩（Budklin Moon），均为白人作家或学者，他们的著作主要以非裔美国人的生活和历史为主题。

有色人种
协进会——
从一节种族歧视的餐车
到联邦最高法院——
尽一切努力得到在火车上平等就餐的权利。

从一所种族隔离的学校
到联邦最高法院——
尽一切努力得到平等教育的权利。

从黑人集中居住区
到联邦最高法院——
尽一切努力得到没有种族隔离的自由居住的权利。

就这样我为我们的国家
帮助建立民主。
就这样凭着命运我的手的影子
跨越了我们国家的历史：
　　黑人

　　这一切
　　只是我们的时代——今天的
　　序曲。

　　明天
　　将是另外
　　一页。

（1950）

偏 爱

我喜欢一个女人
比我大六岁、八岁或十岁。
我不和那些年青姑娘瞎混。
年青姑娘会说，

　　　老爹，我要这样还有这样。

　　　我喜欢这个，那个还有别个。
可大一些的女人会说，

　　　亲爱的，**你**需要什么？

　　　我今晚刚刚取了钱

　　　都归你。
这就是为啥我喜欢大一些的女人
她能理解我：
她跟你交谈的时候
从来不会说，给我！

　　　　　　　　　　　　（1951）

电唱机情歌

我要拿哈莱姆的夜晚
包裹你，
拿霓虹灯光做顶头冠，
拿雷诺克斯大街的巴士，
的士，地铁，
用它们的轰鸣配你的情歌。
拿哈莱姆的心跳，
用作鼓点，
把它灌进唱片，让它旋转，
我们一边听它播放，
一边和你跳舞到天亮——
和你跳舞，我亲亲的棕皮肤的哈莱姆姑娘。

（1951）

不是电影

他们朝他扔马粪蛋
因为他试着去投票
他们还用棍子揍他的脑袋
他跪着爬回了他的屋子
他赶上了午夜火车
他跨过了南方的界线
现在他住
133 街。①

路上他没有停在华盛顿
他没有停在巴尔的摩
也没有停在纽瓦克。
他的头上爆开六朵花
谢天谢地,他没有死!
133 街
没有三 K 党。

(1951)

---

① 指曼哈顿的第 133 街,在哈莱姆。

293

房东小调

房东，房东，
我的房顶裂开一个洞。
你不记得就在上个礼拜
我告诉过你？

房东，房东，
这些台阶要塌下来。
你亲自上来的时候
你没摔下去真是个奇迹。

你说我欠你十块钱？
你说该付十块钱？
好吧，等你修好这房子
我会付你的比十块还多。

什么？你要下逐客令？
你要给我停止供热？
你要把我的家具
扔到大街上？

唔—呼！你讲得太邪乎了。
接着讲——讲完了。
等老子的拳头砸在你身上
你就讲不出一个字。

警察！警察！

来抓这个人！
他企图捣毁政府
颠覆国家！

警察的哨子！
巡逻车的铃！
逮捕。

地区警察局。
铁窗牢房。
报纸头条：

男人威胁房东
$$\therefore$$
房客不得保释
$$\therefore$$
法官判黑人在县监狱关押 90 天。

（1940；1951 修订）

295

第 125 街

脸孔像一根巧克力棒
塞满了果仁和糖。

脸孔像一盏南瓜灯，
里面有蜡烛。

脸孔像一牙西瓜，
咧开大嘴笑。

（1951）

为英语课 B 写的作文

老师说，

> 今晚回家
> 要写一篇作文。
> 这篇文章要出自你的内心——
> 这样，它就会真实。

我纳闷，就那么简单？
我二十二岁，有色人种，生在温斯顿-撒勒姆。
我在那里上学，然后在德尔海姆，然后来这里
上这所高于哈莱姆的山上的学院。①
我是我的班里唯一的有色人种学生。
从山上有台阶下到哈莱姆，
穿过一个公园，然后我走过圣尼古拉斯教堂，
第八大道，第七大道，来到 Y，
哈莱姆分支 Y，在那里我乘电梯上去
到了我的房间，坐下，写这篇文章：

在二十二岁我这个年纪要想知道什么是真实的，
这对你对我都不容易。但我以为我就是
我的感觉我的所见所闻，哈莱姆，我听见你：
听见你，听见我——我们两个——你，我，谈论这篇
文章。

----

① 学院，指哥伦比亚大学，位于哈莱姆西南面的高地上。兰斯顿·休斯
于 1921—1922 年在这里学习一年。

（我也听见纽约。）我——是谁？
喔，我喜欢吃，喝，睡觉，谈情说爱。
我喜欢工作，读书，学习，理解生活。
我喜欢得到一把小号作圣诞礼物，
或者几张唱片——贝茜，爵士或巴赫。
我以为作为有色人种并没有让我成为
不同于其他种族人们的东西。
我写的文章会是有色的吗？

我这个人，不会是白的了。
但我会是
你的一部分，老师。
你是白人——
可也是我的一部分，正像我是你的一部分。
这就是美国人。
也许你有时不想成为我的一部分。
我也常常不想成为你的一部分。
可我们就是这样，这是事实！
正像我向你学习，
我以为你也向我学习——
尽管你年纪大——是白人——
还多几分自由。

这是我为英语课 B 写的作文。

（1949；1951）

学院晚会：文艺复兴娱乐场[①]

金色女孩
身着金色长袍
哈莱姆
夜晚音乐美妙
棕色小伙高大
高大而睿智
学院的男孩聪明
眼睛在眼睛里
音乐包绕
他们二人
沉浸在铿锵舞步
甜美的魔力中
直至金色与棕色
成为全哈莱姆的
心

(1949；1951)

---

① 文艺复兴娱乐场，位于哈莱姆地区第七大道与第 138 街交汇处。

升 迁

你怎么能忘记我?
可你忘了!
你说过要和我
亲密交往——
现在你有了你的凯迪拉克,
你就忘了你是黑人。
当我就是你
你怎么能忘记我?

可你忘了。

你怎么能忘记我,
朋友,说说?
你怎么能这样
把我看得低人一等?
你他妈随心所欲对待我,
不理睬我——可我还为你付了账。
你怎么能忘记我?

可你忘了。

(1949;1951)

哈莱姆夜晚的葬礼

哈莱姆
夜晚的葬礼：

他们从哪儿搞来
两部漂亮的汽车？

保险公司的人，他没有付钱——
他的保险前几天到期了——
他们还搞来绸缎盒子
安放他的头。

哈莱姆
夜晚的葬礼：

是谁送来
那个花环？

是那穷小子的朋友
送来的花——
等他们到了末日，
也得要花。

哈莱姆
夜晚的葬礼：

谁做祷告
　　送黑孩子进坟墓？

是老牧师
祈祷那个孩子走好——
他的女朋友得付
五块钱。

　　哈莱姆
　　夜晚的葬礼：

一切结束了
他头上的棺盖盖上了
管风琴奏完了
最后的祝福说过了
六个抬棺人
抬他出去上路
长长的黑色灵车
快快驶过雷诺克斯大街，
　　拐角处
　　街灯闪烁
　　真像一滴眼泪——
他们悼念的青年
对于他们是那么可爱，那么亲切，
朋友们带来了花环，
女孩给牧师付钱——
他们的眼泪
　　让穷小子的葬礼
　　显得庄严。

哈莱姆
夜晚的葬礼。

（1949；1951）

黎明的布鲁斯

早晨我不敢开始思考。
早晨我不敢开始思考。
　　如果我在床上思考，
　　那些思想会叫我头脑爆炸——
所以早晨我不敢开始思考。

早晨我不敢去回忆
早晨我不敢去回忆。
　　如果我回忆起昨天，
　　我就再不愿起床——
所以早晨我不敢去回忆。

（1951）

地铁高峰时段

呼吸和气味
混在一起
这么近
黑人和白人
搅在一起
这么近
没有空间留给恐惧。

（1951）

哈莱姆(2)

梦被推迟会发生什么?

它会像太阳下的葡萄
晒得焦干?
像块疮——
化脓溃烂?
像块腐肉发出恶臭?
像块腻人的甜点——
结了硬壳裹了糖?

也许它只像副重担
把人压垮。

或许它会爆炸?

(1951)

早 安

早安，老爹！
他说过，我生在这里，
看着哈莱姆越变越大
有色的人们扩展开来
从河到河①
跨过曼哈顿中部
直到宾站之外②
全国十分之一的是深肤色人，
来自波多黎各的飞机，
从古巴、海地、牙买加来的
大船的底舱，
从佐治亚、佛罗里达、路易斯安那
来的标着纽约的巴士
把他们带到哈莱姆、布鲁克林、布朗克斯③
但绝大多数来了哈莱姆
一条深色的腰带缠在了曼哈顿
我看见他们来了黑着脸

  怀着好奇

  睁大眼

  做着梦

走出宾站——
可火车晚点了。

---

① 即从曼哈顿的东河到其西侧的哈得孙河。
② 宾站(Penn Station)，宾夕法尼亚火车站的简称，位于曼哈顿中部。
③ 布鲁克林和布朗克斯，纽约市的两个行政区。

门开了——

　　每道门
　　都有栅栏。

　　　梦被推迟
　　　会发生什么?

　　老爹，你没有听见?

（1951）

信

亲爱的妈妈，
    现在是我买食物，付房租和
洗衣费的时候，剩下的没有多少了，
不过这是给你的五美元，让你知道
我依旧感激你。我的女友要我转达
她对你的爱，还说她希望
会有机会亲眼看到你。
妈妈，这里一直在下大雨，大极了。
好，我就写这些。

                    你的宝贝儿子，
                        永远尊敬你的
                        乔

                                （1951）

309

岛 （2）

在两条河之间，
在公园的北边，①
街道是深色的
像更暗的河。

黑人和白人，
金发和棕发——
哈莱姆是块
牛奶—巧克力派。

梦中的梦，
我们推迟的梦。

早安，老爹！

你没听见？

（1951）

---

① 两条河指曼哈顿岛东西两侧的东河与哈得孙河；公园指中央公园，哈
莱姆在其北侧。

多色的歌

假如我有一颗黄金的心，
像我知道的有些人那样，
我会兴奋地卖掉我黄金的心
揣着钞票去上北方。

可是我没有一颗黄金的心。
我的心甚至不是铅做的。
它由佐治亚古老纯粹的黏土制成。
这就是为什么我的心是红的。

我好奇红黏土为什么这样红
佐治亚的天空为什么这样蓝。
我好奇为什么别人对我说是，
而对你，先生，说是的，先生。

我好奇为什么天空这样蓝
为什么黏土这样红。
为什么南方总这样沉闷，
从来不会让人兴奋。

（1952）

哈莱姆的希望

哈莱姆有了一道新的天际线，
它高耸，自豪，漂亮。
在夜里它的墙壁熠熠生辉
一千扇窗户闪闪发亮。

哈莱姆有了一道新的天际线
它属于我属于你
那些陈旧暗淡丑陋的房屋
倒塌了进入记忆——

记忆里那些破败的楼梯，
记忆里我无助的祈祷，
记忆里房东眼盯着你
当你央求他做点维修。

哈莱姆现在有了一道新的天际线。
它还在高耸自由地升起——
如果它这样保持下去
那也将给我打上新的印记。

当你得到一套清洁的新居
你不明白它使一切变得不同？
过去我总听那些老耗子啃地板。
现在我连一只老鼠也听不见。

过去我总爬那些旧的台阶，

上昏暗陈旧嘎嘎响的楼梯——
有时我还没开始祈祷
就要迸出一句诅咒。

哈莱姆有了一道新的天际线，
我祈祷时心存感激
庭院大得超过公园，
孩子们有了玩耍的天地。

墙壁粉刷得非常漂亮，
浴室里有了淋浴——
人们从没想过他们会住进
一座有尖塔的楼房。

    一块石头
    是扔去打人还是建房？
    一块砖头
    是扔去打人还是砌墙？
    石头最好
    用来建房，
    砖头最好
    用来砌墙。

那就是为什么我特别高兴
看到那些老墙倒塌，
看到死树被连根拔起
新树长得高大。

我特别高兴我很幸运
我的名字列在名单里
能得到一套新的公寓

我在那里生活——不仅是生存。

但是我不能忘记街上
我的兄弟我的姐妹
还住在快要垮塌的旧屋里
他们的收支从不相抵。

那里耗子啃咬地板，
那里的楼梯嘎嘎响，
一打住户的名字贴在
大门的门铃上。

那里洗净的衣服像旗子
挂在一堵堵破败的墙上——
那些衣服确实是旗子
为我们所有人飘扬——

为那些爬楼梯的
人们的光荣而飘扬
为那些在他们祈祷的肥皂泡里
洗讨厌的衣服的人们而飘扬。

但是老天际线正在衰落。
它看上去比以往更加惨淡。
我希望那一天来临
不再有这样的景象。

不再有嘎嘎响的楼梯
不再有啃地板的耗子
大门的每一个门铃上
不再贴一打住户的名字。

哈莱姆有了一道新的天际线。
它在这里那里升起。
我们期待那天际线
升起在所有的地方！

哈莱姆一道新的天际线——
是对祈祷的回答！

（1952）

非　洲

沉睡的巨人，
你休息了片刻。
现在我看见
在你的微笑里
有霹雳和闪电。
现在我看见
在你醒来的眼里
有暴雨云：
雷声，
奇迹，
和年轻的
惊喜。
你的每一次迈步都是
你的双腿
新的大踏步前进。

（1952）

你想过吗？

白人先生，白人先生，
怎么能这样？
你和我的姐姐睡觉，
却不肯和我握手。

白人小姐，太太，
如果你能够就告诉我，
你让我的哥哥做你的男人
为什么还叫我妈拼命干活？

白人先生，白人太太，
你们到底怎么回事？
你们夜里爱我
白天恨我。

南方，南方，南方，
是什么让你们像这样待我？
不过我想假如我是白人
我也会同样行事。

（1953）

317

林肯大学：1954^①

这个梦想经历了一百年
已成长得风华正茂，
穿过一百年的恐惧
这个梦想得到如此勇敢的维护，
用一百年的泪水
这个梦想得到悉心的滋润——
经历一百年的工作，
祈祷，奋进，学习，
这个梦想成长得更加年青，
更加茁壮，更加鲜活，
这个梦想成为了一座灯塔
明亮地燃烧。

（1954）

---

① 林肯大学位于宾夕法尼亚州，始建于1854年，当时仅招收有色人种的男生。休斯于1926—1929年在此读书，并获文学学士学位；1943年林肯大学授予他荣誉博士学位。

布鲁斯小姐的孩子

如果布鲁斯能放任我,
主知道我会笑。
如果布鲁斯放任我,
我会笑,我会笑,我会笑,
不是哭——
我一定是布鲁斯的孩子。

你是我的月亮高挂在天上,
你是我夜里希望的星星。
我爱你,哦,我多么爱你——
可是你走了,远远地走了!

现在我的日子孤孤单单,
夜里简直叫我疯疯癫癫。
我的心在哭泣,
我就是布鲁斯小姐的孩子!

（1955）

少年犯罪

小小的朱莉
已经长得十分高。
人们说她根本不喜欢
待在家里。

小小的朱莉
已经长得十分壮。
人们说那不仅仅是
胃口特别好。

小小的朱莉
已经长得十分聪明——
她的眼里
有老虎、狮子和猫头鹰。

小小的朱莉
说她不在乎！
她的意思是：
压根儿
没人在乎。

（1955）

佐治亚的黄昏

佐治亚的黄昏有时有一股风
哭泣，哭泣，哭泣
它孤零的怜悯穿透佐治亚的黄昏
笼罩了被黑暗隐藏的东西。

佐治亚的黄昏有时有一股血，
一道阳光留下的遗痕，
一股殷红流过佐治亚的黄昏。
谁的血？……属于每个人。

佐治亚的黄昏有时有一股风
播撒仇恨像播撒种子
它很快成长为苦涩的屏障
这里有泣血的落日。

（1955）

遗　嘱

当我死了走了
我会留给儿子什么？
　　地狱里的房屋
　　他死了来和我同住。
我会留给女儿什么？
她是我的眼珠子。
　　一千磅盐
　　为了她要哭泣的泪水。
我会留给妻子什么？
她唠叨我直到我死。
　　我留给她更多的事儿去唠叨
　　直到她咽了气儿为止。

（1957）

给阿提娜

我要夺走你的心。
我要从你身体里夺走你的魂
就好像我是上帝。
我不会满足
仅仅抚摸你的手
仅仅吻你甜美的唇。
我要夺走你的心让它属于我。
我要夺走你的魂。
当我来到你身边，我就是上帝。

（1959）

1961—1967

兰斯顿·休斯在哈莱姆

卢蒙巴的墓^①

卢蒙巴是黑人
他不信任的妓女
全都扑着
铀粉。②

卢蒙巴是黑人
他不相信盗贼
通过他们"自由"的筛子
摇下的谎言。

卢蒙巴是黑人
他的血是红的——
因为他是个人
他们杀死了他。

他们把卢蒙巴
埋进了没有标志的墓。
但是他不需要标志——
因为天空就是他的墓。

---

① 帕特里斯·卢蒙巴(Patrice Lumumba, 1925—1961），1958 年创建刚果
民族运动党，参加领导了 1959 年 1 月爆发的刚果人民反对比利时殖民统治的民
族独立斗争。1960 年 6 月刚果宣布独立后，任共和国总理。1960 年 9 月被受比
利时支持的军人推翻，后被捕遇害。1961 年 3 月，第三届全非人民大会宣布卢
蒙巴为非洲英雄。1966 年，刚果的扎伊尔政府宣布他为民族英雄。

② 刚果是铀矿生产大国(美国制造的第一颗原子弹所用的铀即提炼自刚
果的铀矿），所以刚果成为了世界大国为铀而角逐的场所。

太阳是他的墓，
月亮、星星、宇宙
都是他的墓。

我的心是他的墓，
它被标志在那里。
明天这标志
将无处不在。

（1961）

鸽　子

……这儿是
老毕加索和那只鸽子①
和梦脆弱得像
画着鸽子的陶器
鸽子白，黏土
深褐如同
褐色的泥土
取自我们的
古老战场……

（1962）

---

① 毕加索（Pablo Picasso，1881—1973），西班牙画家与雕塑家，画有多幅
鸽子。

沉默的小家伙

这个沉默的小家伙——
他拥有来自太阳的所有原子
来自大地的
所有草叶
发自心灵的
所有的歌
直到嗓子
停止歌唱——
他是我的儿子——
这个小小的
沉默的
家伙。

（1962）

自由之梦

大地上有一个梦
它已经没有了退路。
人们有时称呼它
用脏污奇怪的名字。

有那么些人声称
这个梦只属于他们——
而我们知道有一桩罪
他们必须赎回。

它应当如阳光和空气
由普天下人分享，
否则这个梦就会死亡
它缺少了实质大义。

这个梦不受国界和语言的限制，
这个梦没有阶级和种族的差别。
这个梦不能禁锢在
被一个人把守的地方。

今天这个梦投入战斗，
它已经没有了退路——
为一个人拯救的梦
也必定是为**所有人**拯救的——
我们的自由之梦！

（1964）

鼓

我梦见那些鼓
记得
在非洲那些没有星星的夜。

记得，记得，记得！

我梦见那些鼓
记得
奴隶船，鼓荡的帆，
大西洋，
在詹姆斯敦上岸。①

记得，记得，记得！

我梦见那些鼓
在回忆中如画片，
在新奥尔良的刚果广场——
礼拜天——奴隶们享受一天的"自由"——
在刚果广场跳朱巴舞。②

我梦见那些鼓
再次听到

① 詹姆斯敦，见 p. 282 注 ③。
② 朱巴舞，美国南方非裔人群跳的一种舞蹈，以拍手等动作加强舞蹈的节奏。

杰利·罗尔的钢琴，
巴迪·博登的小号，
基德·奥利的长号，
圣西尔的班卓琴，①
他们加入了那些鼓……
我记得。

爵士！

我梦见那些鼓
我记得。

非洲！
奴隶船！
新海岸
和那些鼓！

记得！
我记得！
记得！

(1964)

---

① 杰利·罗尔，巴迪·博登，基德·奥利，圣西尔，均为爵士乐的发源
地新奥尔良的著名乐手。

芝加哥

它不是密歇根湖拍打的波浪，
阴暗的褐色没有闪光，
也不是火烧的夏日冰冷的冬天
湖上狂风怒号，
也不是盘绕的高架列车，
也不是舒展的一行行轿车
延伸到大草原的边缘
下班时投下回家的长龙，
它不是牲畜围场的冲天臭气①
微妙地散播在微风之上，
也不是赌博者的色子
也不是罪人的罪孽
也不是正直的人屈膝下跪，
它不是城市歌剧院
也不是瑞格利大厦的灯光
也不是马绍尔·菲尔德百货大楼
或者马特商业中心
或者巨多的酒吧在夜里大放光彩，
它不是关于埃尔·卡朋
关于桑德堡关于麦考密克
关于哈丽特·门罗

---

① 牲畜围场，待宰或待运的牲畜的临时停留场所。

关于波特·帕尔曼夫人的记忆。①

还有阿莫，斯威夫特，

因苏尔或黑人杜萨波尔②

或者我们知道的任何名字——

然而它是电话簿上

所有的名字，

他们的亲戚朋友

爸爸的妈妈的爷爷的

他们在其他国家的祖祖辈辈

他们留给的名字

用非盎格鲁的拼写，

有非盎格鲁的脸型，

皮肤并不总是白的

说话并不总是英语

多种语言的字迹

多种语言的方式

制造了白天夜晚的新闻头条

闪烁超过了瑞格利大厦的灯光

把芝加哥打造成一个太阳不是月亮——

一个太阳燃烧，旋转，发热

---

① 埃尔·卡朋（Alphonse Gabriel Capone，1899—1947），曾经活跃在芝加哥的黑帮头目。桑德堡（Carl Sandburg，1878—1967），生活在芝加哥的诗人与作家，他的《芝加哥诗集》尤为著名。麦考密克（Robert McCormick，1880—1955），《芝加哥论坛报》的拥有者，并修建了美国北方最大的麦考密克会议中心。哈丽特·门罗（Harriet Monroe，1860—1936），学者与文学评论家，美国最著名的诗歌刊物《诗歌》（*Poetry*）的创办人和编辑。波特·帕尔曼夫人（Bertha Palmer，1849—1918），社交名流与慈善家，其丈夫为商人，对芝加哥的城市建设卓有贡献。［以上均为白人。］

② 阿莫（Philip D. Armour，1832—1901）与斯威夫特（Gustavus Franklin Swift，1839—1903），皆为芝加哥的肉类加工大亨。因苏尔（Samuel Insull，1859—1938），通用电器创始人之一，1892年移居芝加哥。杜萨波尔（Point du Sable，1750？—1818），一位其身世众说纷纭的人物，但被公认为芝加哥的首位居住者（1790年代早期）。现在芝加哥有以他的名字命名的学校、港口、公园、桥梁和博物馆（非裔美国人历史博物馆）。

照亮了
它环形中心以外的所有地方
湖滨
草原
摩托化的警察
多变的天空
　　芝加哥！
在它眼里找到了：
上帝的形象。

（1964）

芝加哥布鲁斯
（教训：悠着点）

芝加哥是座城
当然跑在轮子上。
你不知道跑得有多快
感觉那地方有多棒。

礼拜一我进了城
礼拜二喝得我走路摇晃
礼拜三一大早
我典当了我的行李箱。

礼拜四一大早
抽到了那么多 A
我的手气节节升高
脑袋在云里雾里飘。

礼拜五我开着
一辆凯迪拉克，
她说，老爹，你可以开着
一直开到天黑。

礼拜六我说，宝贝儿，
你对我不错——
可我不是只要一个女人的男人，
我得要她俩儿仨的。

礼拜天我住
一套公寓有十个房间
礼拜一我回到
我出发的老窝儿。

芝加哥是座城
当然跑在轮子上。
你不知道跑得有多快
感觉那地方有多棒。

（年代不详）

老　年

既已知道知更鸟在窗台上
还有那爱情使人悲戚，
现在你还能梦见什么
你依然相信的东西？

既已知道冬天的雪
还有花在春天怒放，
现在你还能寻找什么
会让你的心依然歌唱？

如果不会有什么事新鲜，
何不妨干那些雷同的奇迹？
如果不会有什么事陈旧，
何不妨依然展开新的奇迹？

没有什么让人觉得新鲜或陈旧，
而朋友依然会发问：
"你做何感受？"

（1965）

给 你①

坐下做梦，坐下阅读，
坐下学习世界
我们此时此地之外的世界——
        我们有麻烦的世界——
去梦见灵魂的广阔地平线
通过梦塑造健全的人，
没有羁绊的自由——帮助我！
所有你们这些梦想者，
也来帮助我，让我们的世界焕然一新。
我向你们伸出双手。

（1965）

---

① 此诗为美国种族平等大会而作，印于该大会为 1965 年新年发行的
贺卡。

圣诞前夕：纽约近午夜

圣诞树几乎卖光了
剩下的都降价了。
满城的孩子们
几乎都上床睡觉了。

在圣诞前夕摩天大楼的灯光
几乎都关闭了。
仅有的几辆公交车里
几乎没什么人。

我们的城几乎鸦雀无声
像伯利恒必须的那样
等候天使合唱队突然
高唱和平降临大地！
祝福赐予人类！

当曼哈顿岛在等待
属于孩子的早晨
我们的老自由女神像
俯视着几乎发出一丝微笑。

（1965）

示　威

你曾经迈步走向高压水龙吗？
那水喷射出来像是爆破。
你曾经迈步走向警察的枪口吗？
你的每一步都可能是你最后的一步。
你曾经面对狂吠的狗站起来吗？
狗走来时你岿然不动？
你曾经感受过催泪毒气吗？
它烧灼你的白天，你的夜晚，你的黎明。
　　　你的黎明
当水放射虹的色彩，
　　　你的黎明
当枪口不再对准你，
　　　你的黎明
当警察忘记了监牢，
　　　你的黎明
当警察的狗向你摇晃尾巴，
　　　你的黎明
当催泪毒气罐干了，
　　　你的黎明
当你拥有天空里的星星，
　　　你的黎明
当原子弹属于你——
　　　你的黎明
当你拥有打开所有门的钥匙——

你的黎明

你会永远忘记你的黎明吗?

（1966）

精品住宅

在雷诺克斯大街的住宅区
一个五分硬币顶一毛钱花，
在这些繁荣而又盗窃成风的日子
百万美元的窃贼们
在报纸杂志广播电视上
炫耀他们百万美元的活法——
　　　却连一毛钱
　　　也不愿让我得到——
我，一个黑人，来到
黑人区里我的精品住宅
这里一个五分硬币价值一毛。

（1967）

约克维尔惨案

（詹姆斯·鲍威尔，1964 年夏）①

杀死一个十五岁的孩子
要用多少子弹？
杀死我
要用多少子弹？

禁锢我的头脑——束缚我的双脚——
套住我的脖子——给我动私刑——
剥夺我的自由
要用多少个世纪？

从奴隶的锁链到私刑的绞索
到约克维尔的子弹，
从 1619 年的詹姆斯敦到 1963 年：
奴隶解放宣言发表一百年了——
100 年**没有**解放。

1965： 内战百年纪念。
杀死我
要用多少个百年纪念？
我还活着。

---

① 1964 年 7 月 16 日，在曼哈顿东北部的白人住宅区（约克维尔），15 岁的黑人少年詹姆斯·鲍威尔被一个下班的白人警官枪杀，理由是鲍威尔带着一把刀子。这一惨案在哈莱姆引发了自 1943 年以来最严重的骚乱。

当漫长炎热的夏季来临
死亡
不是假话。

（1967）

苦　酿

把我削短
成一支强韧纤细的箭
尖端锐利
适合我的需要。

把我拉长
成一根张力十足的钢丝
在起重机上
将我困惑的石头吊高。

在自由的杯盏里
用文火煮我
直到只剩一点精髓
供人啜饮。

那精髓也许就是
我黑色的毒汁
给白色的肚皮
以严厉拷问：

由历史调和
由命运酿造——
一杯苦酒浓缩了
　　仇恨。

（1967—1968）

自　由（3）

有些人以为
烧毁了教堂
他们就烧掉了
自由。
有些人以为
监禁了我
他们就监禁了
自由。
有些人以为
杀掉一个人
他们就杀死了
自由。
然而自由
站起来面对他们
大笑
说，
不——
不是这样！
不！

（1968）

船　骸

在无名之地的浅滩，
我的船，搁浅了，
船头撞坏了，
再不能浮起。

在无名之地的浅滩，
我的歌，荒废了，
不过它被海风抓住
一同狂吹。

（1968）

兰斯顿·休斯年表

　　1902　2月1日出生于密苏里州的乔普林。父母很早离异。母亲会写诗并是业余戏剧演员；父亲后定居墨西哥，成为富有的商人和地主。休斯多年与外祖母同住，外祖母的第一任丈夫参加并牺牲于1859年约翰·布朗领导的哈普斯渡口起义。

　　1916—1920　就读于俄亥俄州克利夫兰的中央高级中学，在校刊发表诗歌和短篇小说。毕业后去墨西哥与父亲同住一年。

　　1921　7月，在著名非裔学者杜波依斯主编的《危机》（Crisis）杂志发表《黑人谈河》。9月在父亲不情愿的资助下入读哥伦比亚大学。

　　1922　7月，拒绝回墨西哥辅助父亲管理家产，退出大学。在纽约打工。

　　1923　6—10月，在一艘沿西非海岸航行的商船当水手，并参观沿岸城市。

　　1924　在一艘赴欧洲的船上当水手；于巴黎居住，期间在一家由美国人经营并演奏爵士音乐的夜总会打工，写具有爵士乐节奏的诗歌。

　　1925　与母亲同住在华盛顿特区，并在洗衣店、餐馆和以研究黑人历史而著名的史学家 Carter Woodson 的办公室打工。4月，《疲惫的布鲁斯》在《机会》杂志主办的文学竞赛中获诗歌奖。结识哈莱姆文艺复兴运动的多位非裔明星诗人与作家。

　　1926—1929　就读于专收非裔学生的林肯大学。

　　1926　1月，第一部诗集《疲惫的布鲁斯》出版并获好评。7月，发表随笔《黑人艺术家与种族大山》，强调在非裔美国人的文学艺术中，种族意识的重要性。

1927　出版诗集《给犹太人的好衣服》。

1929　在林肯大学毕业，获文学学士学位。入住纽约哈莱姆，并以此地为家直至去世。

1930　访问古巴。第一部小说《并非没有笑声》出版。

1931　在海地旅居6周；在美国南方和西部旅行。

1932　与他人合作发表《被禁的斯科茨伯勒》，含一部短剧和四首诗。出版诗集《梦想的守望者》。6月，作为一个非裔美国人团体的成员受邀赴苏联，参加拍摄一部反映美国种族问题的影片，此项目后被取消，休斯旅居苏联一年。

1933　6月，乘火车来到中国，曾与宋庆龄共餐，见到鲁迅。

1934　出版短篇小说集《白人的行径》。11月，因父亲去世而赴墨西哥。

1935　翻译墨西哥作家的短篇小说。于1930年创作的剧本《混血儿》在纽约百老汇上演，受到评论界恶评，但因观众众多而持续演出。写作长诗《让美国再次成为美国》。

1936　创作喜剧《小哈姆》和反映海地革命的历史剧《忧愁之岛》，在克利夫兰的 Karamu 剧院上演。

1937　Karamu 剧院上演休斯的另一部喜剧《给我灵魂的欢乐》。6月，赴西班牙，为几家非裔报纸报道西班牙内战。

1938　创建左派的哈莱姆手提箱剧院，首演休斯的《你不想要自由？》，连演38场。6月，母亲在纽约去世。

1939　6月，在第三届美国作家大会上发言，陈述非裔人群的困境。

1940　出版自传《大海》。

1942　出版诗集《哈莱姆的莎士比亚》；剧本《太阳运行》在芝加哥上演。由于第二次世界大战，休斯先后在几个和战争有关的政府部门工作。开始为《芝加哥卫报》撰写专栏文章，他的专栏持续了20年。

1943　发表长篇朗诵诗《自由之犁》。在母校林肯大学接受荣誉博士学位。

1944　开始作每年一次的全国巡回讲演。

1945　参与音乐剧《街景》的改编写作。

1947　《街景》在纽约百老汇成功上演。在亚特兰大大学承担一学期的教学工作。诗集《奇迹之地》出版。

1949　诗集《单程票》和与他人合编的《黑人诗歌，1746—1949》出版。根据《忧愁之岛》而作的歌剧在纽约上演。在芝加哥大学附属实验学校作为访问教师承担一学期教学。

1950　休斯作脚本的歌剧《藩篱》在哥伦比亚大学连演10场。休斯的报纸专栏小品结集为《辛普尔说出他的想法》出版，广受好评；辛普尔是休斯杜撰的一名黑人青年，以黑人的口语幽默机智地谈论各种事情。

1951　诗集《推迟的梦的蒙太奇》出版。

1952　短篇小说集《以笑当哭》出版，收入了自1934年后发表的作品。为斯托夫人的小说《汤姆叔叔的小屋》百周年纪念版撰写序言。为少年儿童写的《黑人的第一本书》出版。

1953　3月，受参议员约瑟夫·麦卡锡领导的反颠覆活动小组传讯，休斯承认曾有过激行为的错误，但未牵连别的左派人士。他被该小组赦免，但仍受到保守派的持续攻击。为此他在报纸专栏里反驳对于他的种族主义指责。《辛普尔结婚了》出版。

1954　2月，由于全国性的种族隔离风气的改变，休斯第一次入住了在密苏里州圣路易斯的"白人"酒店。为年轻人编写的《美国黑人名人》和《韵律的第一本书》出版。应邀为南非黑人文学杂志《鼓》主办的短篇小说竞赛作评审，此后一直关注非洲的新文学和非洲的事态。

1955　4月，休斯编词的复活节康塔塔《他头上的光环》由纽约爱乐乐团在卡内基音乐厅上演。为年轻人编写《爵士乐的第一本书》和《著名黑人音乐家》。

1956　参加在罗得岛举行的美国爵士音乐节，写作福音音乐剧脚本《通向辉煌的手鼓》，后又将脚本改写为小说。为年轻人编写的《西印度的第一本书》出版。第二部自传《我徘徊，我彷徨》出版。

1957　休斯作脚本的歌剧《伊索》在伊利诺斯大学首演。小品集《辛普尔孤注一掷》出版。8月，基于辛普尔故事的歌剧《逗人爱的辛普利》在纽约百老汇连演62场。

1958　《著名美国黑人英雄》及与他人合编的《黑人民间传说集》出版。

1959　诗歌自选集出版。为美国国会图书馆作诗歌朗读录音。

1960　6月，在明尼苏达州的圣保罗，接受全国有色人种协进会（NAACP）授予的该组织的最高荣誉斯宾加恩奖章。《非洲的第一本书》与《非洲的宝藏：非洲黑人的论文，散文，小说和诗歌》出版。11月应邀访问尼日利亚，参加刚获独立的尼日利亚的总统就职典礼。

1961　4月，加入由250名成员组成的美国艺术与文学学会。11月，赴白宫参加肯尼迪总统为塞内加尔总统举行的午宴。《问你妈妈：爵士十二调》与《辛普尔的高明》出版。休斯作脚本的音乐剧《黑人圣诞》于12月在百老汇上演，大受欢迎。

1962　开始为白人报纸《纽约邮报》撰写每周专栏。史学著作《为自由而战：NAACP的历程》出版。

1963　在各种演讲中，休斯捍卫NAACP的温和的民权主张，反对暴力。6月，接受哈佛大学授予的荣誉博士学位。

1964　休斯编选的《美国黑人新诗人》出版。

1965　休斯热烈欢迎约翰逊总统签署的民权法案。短剧《忏悔的罪人》在纽约格林威治剧院上演。受美国国务院派遣，与几位黑人作家访问欧洲数国，进行演说和诗歌朗诵。《辛普尔的山姆大叔》出版。

1966　3月，受约翰逊总统指定，率美国代表团赴塞内加尔参加第一届世界黑人艺术节。然后受国务院委托访问非洲数国。

　　1967　2月，在洛杉矶发表的演讲中谴责越南战争。5月
22日，因患前列腺癌去世。骨灰安葬在位于哈莱姆的勋姆伯格
黑人文化研究中心门厅中央的地下，地板上的圆形图案内刻有
取自《黑人谈河》的诗句："我的灵魂成长得像河一样深。"

　　　　　　　　　　　　　　　　　　（邹仲之编）

353

译者说明

1. 本书 216 首诗选译自《兰斯顿·休斯诗集》(*The Collected Poems of Langston Hughes*, Arnold Rampersad 编辑, David Roessel 副编辑, 纽约 Vintage Books 出版社 1995 年出版)。该书收入了休斯生前发表的全部诗作(包括去世前已确定要发表的),共 896 首。该书含八个分集。前五个从 1920 年代至 1960 年代,每十年的诗作作为一个分集,包括了休斯本人编辑出版的诗集里的全部作品;后三个为该书编者做的附编,包括了休斯发表于报刊而未收入上述诗集里的诗歌。在本书中,译者将从附编里选译的 15 首,按发表年代插入到了五个分集中。

2. 在休斯的诗里,黑种人被称为 "black man"、"negro" 等类似的词,均译为 "黑人"。在美国,自 1963 年,"black people" 一词用于称呼在历史上被贩卖到美国做黑奴的黑种人的后代("negro" 一词则变为仅在黑人之间可用的称呼);自 1988 年,对于移民到美国的非洲人的后代称为 "非裔美国人"(African American);目前这个词已广泛用于所有美国黑种人,故为译者在注释中采用。

3. 原文里的斜体单词在译文中改用仿宋体字;原文里全用大写字母拼写的单词在译文中采用黑体字。

4. 本书的脚注均为译注,主要参考了维基百科(英文)以及原书里有的少量注释。

5. 本书里五幅休斯的照片,下载自与诗人相关的网站,遗憾的是有关摄影年代和摄影者的信息不完整。

6. 译者非常感谢责任编辑宋金先生,本书是我们继《草叶集》和《卡明斯诗选》后的第三次合作。他既以细致和专业化的工作，使本书臻于完美，又以他对诗歌的敏锐独特的感悟，为本书撰写了前言。我们希望兰斯顿·休斯诗歌的中文首译本，使读者不仅能欣赏到美国最著名的非裔诗人的作品，而且也有助于了解非裔美国人为自由平等的权利而奋斗的历程。

邹仲之
2016 年 5 月

图书在版编目(CIP)数据

兰斯顿·休斯诗选／(美)休斯(Langston Hughes)
著；邹仲之译. —上海：上海译文出版社，2018.5
书名原文：Selected Poems of Langston Hughes
ISBN 978-7-5327-7643-6

I. ①兰… Ⅱ. ①休… ②邹… Ⅲ. ①诗集—美国—
现代 Ⅳ. ①I712.25

中国版本图书馆 CIP 数据核字(2017)第 280196 号

Langston Hughes
Selected Poems of Langston Hughes

兰斯顿·休斯诗选
[美]兰斯顿·休斯 著　邹仲之 译
责任编辑／宋　金　装帧设计／小阳工作室

上海译文出版社有限公司出版、发行
网址：www.yiwen.com.cn
200001　上海福建中路 193 号　www.ewen.co
江阴金马印刷有限公司印刷

开本 890×1240　1/32　印张 11.75　插页 6　字数 67,000
2018 年 5 月第 1 版　2018 年 5 月第 1 次印刷
印数：0,001—5,000 册

ISBN 978-7-5327-7643-6/I·4684
定价：68.00 元